www.rsk-krimi.de

Mord in Harmonie

-Ein „Eitorf Krimi"-

© Kersten Wächtler

2

Rhein-Sieg-Kreis Krimi

Mord in Harmonie

-Ein „Eitorf-Krimi"-

Der 13te Fall der Kommissarin Thekla Sommer

© **Kersten Wächtler**

www.rsk-krimi.de

Bibliografische Information der Deutschen Nationalbibliothek:
Die Deutsche Nationalbibliothek verzeichnet diese Publikation in der Deutschen
Nationalbibliografie; detaillierte Daten sind im Internet über
http://dnb.dnb.de
abrufbar

1.Auflage
Erschienen 03/2021
Copyright © 2021 Kersten Wächtler
Coverbild: Pixabay
Herstellung und Verlag: BoD – Books on Demand, Norderstedt
ISBN: 9783753441092

Alle Personen und Tathergänge sind frei erfunden.

Ähnlichkeiten mit lebenden oder toten Personen sind rein zufällig

Agnes Hammerfeld stand im Morgenmantel an ihrer Kaffeemaschine. Wie jeden Morgen bereitete sie das Frühstück, deckte den Tisch für Zwei und stellte immer noch die Lieblingsmarmelade ihres Mannes Toni Hammerfeld auf den Tisch. Auch wenn sie es nach dem Tod ihres Mannes vor vier Jahren jetzt nur noch aus langer Gewohnheit und als Andenken weiterhin so handhabte. So leicht bekleidet wie sie war, ging sie hinaus, um die Holzfensterläden ihres Fachwerkhauses zu öffnen, so wie sie es seit fast vier Jahrzehnten immer tat, seitdem sie das Haus damals im Ortsteil "Josefshöhe", der damals noch "Wilhelmshöhe" genannt wurde, gekauft hatten. Von hier oben hatte man einen Blick auf Eitorf und den Ortsteil "Harmonie" sowie auf das Siegtal. Mit ihren vierundachtzig Jahren war sie zwar noch sehr rüstig, doch die Kälte des späten Oktobers merkte sie mehr und mehr in den Knochen. An diesem Morgen, es war ungefähr halb sieben, sah sie einen graublauen sternenklaren Himmel, jedoch als sie ins Tal schaute, war dieses in einen kräftigen Nebel gehüllt. Es war ihr, als würde sie "über den Wolken" wohnen. Sie ging ums Haus herum und befestigte die Fensterläden mit den dafür angebrachten Haken an der Hauswand. Als sie das Haus wieder betrat und noch einmal zu dem Nebel im Tal schaute, erschauderte sie. Es lief ihr kalt den Rücken hinunter und es schüttelte sie leicht am ganzen Körper. Augenblicklich kam ihr der Gedanke, dass unten im Tal etwas ganz Grauenvolles geschehen würde. Sie ging rasch hinein und schloss anders als sie es sonst tat, die Türe hinter sich ab. Sie setzte sich an den Tisch und betete.

*

Er wurde im Kofferraum seines eigenen Wagens liegend hin und her geschleudert. Man hatte ihm die Hände und Füße zusammengebunden und so die Möglichkeit genommen, sich bei der heftigen Fahrweise des Fahrzeuglenkers gegen das Anstoßen an der Heckklappe des alten Opel Corsa zu sichern. Immer und immer wieder schlug er mit dem Kopf gegen das Blech. Nach vielen Kilometern der Tortour, hielt der Wagen an und Jens Schimmelpfennig hörte, wie Fahrer und

Beifahrertüre ins Schloss fielen. Der Kofferraumdeckel wurde geöffnet und die beiden ganz in schwarz gekleideten, mit schwarzen Kapuzen und mit Clownsmasken vermummten Gestalten, schauten auf den Mann.

»Und? Hast Du es Dir überlegt? Kriegen wir die Kombination? « fragte die größere der beiden Gestalten.

Jens Schimmelpfennig nahm all seine Kraft zusammen, hob den Kopf und spuckte dem Entführer auf dessen Maske. Schimmelpfennig dachte, jetzt würde er bestimmt erschlagen werden, doch die Nummern der Kombination zum Bankschließfach würde er nicht rausrücken. Er hatte sich vor einigen Jahren in einer Bank in Herchen ein gesichertes Schließfach im Tresorraum geben lassen. Dort lagerte Gold im Wert des von ihm und seiner Frau angesparten Vermögens, mitsamt der Lebensversicherungssumme, die er vor einigen Monaten nach dem tödlichen Unfall seiner Frau, ausgezahlt bekommen hatte. Jens Schimmelpfennig hatte kein

Vertrauen in das in Deutschland herrschende Finanzsystem, deshalb die Vorsorge, die zweihundertfünfzigtausend Euro in Gold anzulegen. Der Wert sollte einmal an seine inzwischen fast erwachsenen Kinder gehen, die beide mit dem Studium begonnen hatten.

Die Maskierten gingen einige Schritte vom Auto weg und schienen sich flüsternd zu unterhalten. Etwas lauter hörte er die Größere der beiden Personen sagen:

»Aber wir müssen hier weg. Wir stehen hier in Eitorf-Harmonie mitten auf der Hauptstraße nach Hennef. Jeden Moment könnte hier ein Wagen kommen«. Es dauerte eine kurze Minute dann sprach er weiter, »Gut, - pass auf, - wir kriegen ihn schon zum reden«.

Schimmelpfennig sah die Beiden wieder auf den Wagen zukommen und dachte, er würde nun geschlagen werden, doch er irrte sich. Die Beiden halfen ihm aus dem Kofferraum auszusteigen. Gekrümmt vor Schmerzen stand er nun hinter dem Auto. Ein im Kofferraum liegendes Hanfseil, dass Jens Schimmelpfennig darin liegengelassen hatte, als er damit einmal einem Nachbarn geholfen hatte sein liegengebliebenes Fahrzeug abzuschleppen, wurde ihm nun um die bereits gefesselten Hände gebunden und das andere Ende wurde an der Stoßstange befestigt. Nun holte der größere der Beiden ein Klappmesser aus seiner Hosentasche und schnitt die Fußfesseln auf. Das aufgestaute Blut in Schimmelpfennigs Adern schoss in die Füße, die stark zu kribbeln begannen. Er nahm dies wahr, obwohl er bereits eine Platzwunde auf seinem Kopf hatte. Vom ständigen Anschlagen im Kofferraum schien sein Schädel vor Schmerzen zu platzen. Bevor er richtig zu denken begann, sah er wie sich die Beiden wieder in seinen Wagen setzten und ganz langsam und behutsam losfuhren.

»Aber, - so bringen wir ihn um«, meinte die Person, die auf dem Beifahrersitz saß. »Gut, dass bei dem dichten Nebel hier noch kein Schwein auf der Straße ist, - man sieht ja die Hand vor Augen nicht«.

»Quatsch, lachte die größere der beiden Personen, »soll er ruhig ein paar Meter hinter uns herlaufen. Ich fahre nur Schritttempo und so kann nichts passieren. Du wirst sehen, danach wird er uns bestimmt die Tresorkombi verraten«.

Nach etwa fünfzig Metern hielt der Wagen erneut an und die beiden Entführer stiegen wieder aus. Hinter dem Wagen allerdings stand ihr Opfer nicht mehr. Er war nach einigen Metern des schnellen Gehens über seine eigenen Füße gestolpert und hinter dem Wagen hergezogen worden. Da er mit dem Gesicht über den Asphalt schlürfte, versuchte er sich durch mehrmaliges Schaukeln umzudrehen. Dabei jedoch drehte er den Körper nicht nur nach rechts sondern kullerte in Richtung des Bordsteins und schlug mit dem Kopf dagegen. Als er sich den Schädel brach, übermannte ihn eine Ohnmacht. Als die Beiden zu ihm gelaufen kamen, mussten sie feststellen, dass ihr Opfer bereits tot war. Eilig wurde das dicke Hanfseil mit dem beigeführten Taschenmesser von der

Stoßstange abgeschnitten und die Flucht in Richtung Hennef begann.

*

Der Fahrer des Tankwagens, der zu dreiviertel mit Milch beladen war, die er bereits seit dem frühen Morgen von einigen Bauerhöfen in der Region Windeck und rund um Eitorf abgeholt hatte, fuhr die Strecke bereits seit mehr als zehn Jahren. So ein dichter Nebel wie jetzt herrschte, hatte er schon mehrmals erlebt, weshalb er seine Geschwindigkeit nicht den Sichtverhältnissen anpasste. Als er Eitorf hinter sich gelassen hatte schaltete er sein Radio ein und suchte einen passenden Sender, denn der Empfang wurde durch den dichten Nebel leicht gestört. Wieder durch die Windschutzscheibe des großen Gefährts schauend, erschrak er. Auf der Straße, fast am Ortsausgang von Harmonie, lag etwas Großes auf der Straße. Er bremste den LKW scharf ab und riss das Lenkrad nach links und dann wieder nach rechts. So wollte er das, was da auf der Straße lag umfahren, doch die Ladung in seinem Tank fing an unkontrolliert hin und her zu schwenken und so kippte der Milchlaster nach rechts auf die Seite. Eine der drei Kammern des Tanklastwagens schlug leck, wonach etliche hundert Liter, der eben noch eingesammelten Milch, auf die Straße lief und den dort liegenden toten Jens Schimmelpfennig umspülten.

»Hoffentlich kostet mich diese Aktion nicht den Job«, dachte Peter Petersen, der wegen der Liebe seines Lebens aus Ostfriesland hier ins Rheinland gezogen und seitdem als Fahrer bei der Molkerei beschäftigt war. Er hatte sich weitgehend unverletzt aus dem auf der Seite liegenden Fahrzeug befreien können und ging nun zu dem Teil, weswegen er ausgewichen war. Er erschrak und wich zurück, als er sah, dass es ein Mensch war. Hatte er den Mann auf dem Gewissen? War er zu unachtsam bei dem dichten Nebel und hatte den Mann überfahren?

*

Thekla Sommer, Kriminalkommissarin und Leiterin der Dienstgruppe II der Siegburger Mordkommission war mit ihrem Lebensgefährten und Kollegen ihres Teams, Robert Hanf, bereits im Büro. Sie wollten Ordnung in die Ablageakten der letzten Fälle bringen und hatten deshalb Lisa Drollig und Peter Ludwig, ebenfalls Kollegen aus Theklas Team, gebeten ins Büro zu kommen. Nachdem sich alle mit Kaffee versorgt hatten, nahm sich jeder einige Akten in sein Büro mit. Jeder nahm sich die Notizen und Bilder der verschiedenen Fälle vor, die noch auf den Schreibtischen lagen und in den Schubladen aufbewahrt wurden, um diese zu ordnen und später in die Registratur zu bringen.

Alfred Bollenkamp, Leiter der aus drei Gruppen bestehenden Abteilung "Mordkommission", betrat das Büro von Thekla, die ihn freundlich mit: »Morgen Fred«, begrüßte. Alle nannten ihn nur bei seinem Kurznamen da sie meinten, Alfred würde so an "Ekel Alfred Tetzlaff" erinnern und ein Ekel war er nun wirklich nicht.

Bollenkamp nickte in Theklas und Roberts Richtung und sagte: »Wir scheinen einen neuen Fall zu haben. Die Kollegen der Eitorfer Polizeidienststelle meldeten einen Unfall mit einem Milchlaster und einem Toten mit unklarer Todesursache. Er lag auf der Straße und hatte die Hände zusammengebunden. Weiterhin sah es für die Kollegen nicht so aus, als sei der LKW-Unfall in kausalem Zusammenhang mit dem Toten zu sehen. Alles recht unklar, deshalb habe ich Euch dort bereits eingeplant. Die Kollegen der Spurensicherung sind bereits unterwegs«. Alfred Bollenkamp war bereits wieder auf dem Weg das Büro zu verlassen, drehte sich aber in der halb geöffneten Türe noch einmal um und meinte schmunzelnd: »Ich hoffe, keiner von Euch hat eine Milchallergie? «

Thekla und Robert sahen zunächst einander, dann beide leicht irritiert Fred an. »Milchallergie? « fragte Thekla mit runzeliger Stirn und runtergezogenen Augenbrauen.

»Der LKW hatte Milch geladen, diese ist ausgelaufen und hat den Toten quasi "in Milch getunkt"«.

Mit diesen Worten schloss Bollenkamp die Türe, konnte sich aber auf dem Flur das Lachen nicht verkneifen.

Alle Mitglieder der Dienstgruppe II unterbrachen sofort ihre Arbeit und fuhren mit insgesamt einem Dienstwagen und Theklas hellgrünem Twingo, den sie abgöttisch liebte und jedem Dienstwagen vorzog, in Richtung Eitorf.

»Fahr bitte etwas vorsichtiger, hier löst sich der Nebel gerade erst auf und wer weiß schon, wer einem hinter der nächsten Kurve begegnet«, meinte Robert, der auf dem Beifahrersitz des Twingos saß und sich an dem Haltegriff oberhalb der Türe festhielt. Sie befuhren gerade die kurvige L333 zwischen Hennef-Stein und Eitorf-Bach.

Thekla schmunzelte als sie antwortete: »Na, ein Milchwagen nun bestimmt nicht mehr«. Dabei schaute sie kurz nach rechts zu Robert, der die Augen aufriss, da ihnen in der nächsten Kurve ein Ford-Mustang mit sehr hoher Geschwindigkeit, teilweise auf ihrer Fahrbahn fahrend, entgegenkam. Thekla steuerte geistesgegenwärtig nach rechts in Richtung der Felswand. »Zum Glück ist das hier ein Twingo und kein Mercedes, - sonst hätte es gekracht«, meinte sie erschrocken.

*

Die uniformierten Kollegen der Eitorfer Wache hatten zwischenzeitlich einen Kranwagen aus dem Gewerbegebiet Eitorf geordert, der den Laster aufrichten sollte. Vorher hatten sie den in beide Richtungen gebildeten Stau zur Umkehr gebracht und die L333 an den jeweils passenden Stellen abgesperrt. Der Kranwagenfahrer stand bereit, seine Arbeit zu beginnen, jedoch wurde ihm seitens der Polizei mitgeteilt, er solle erst das Eintreffen der Kripo abwarten und zuerst die

Spurensicherung deren Arbeit verrichten lassen. Thekla sah bereits von Weitem die gelben Lichter des Kranwagens und die Blaulichter auf den Streifenwagen. Sie hielt ihren Wagen in der Nähe an und stieg in Roberts Begleitung aus. Kurz hinter ihnen hielten auch Lisa und Peter, die in dem Dienstwagen gefolgt waren.

»Was war das denn eben für ein Idiot in dem Mustang? « fragte Lisa, immer noch völlig aufgeregt.

»Der hätte uns bald gerammt«, entgegnete Peter Ludwig, »aber geistesgegenwärtig habe ich auf das Nummernschild geschaut, - den kriegen wir noch dran«

Die Spurensicherung hatte die Arbeit bereits aufgenommen, als Thekla das rot-weiße Flatterband hoch hob und in Richtung des Toten ging, wobei sie den Leiter des Teams anschaute. Dieser winkte sie zu sich heran.

»Komm ruhig, - hier kannst Du keine Spuren verwischen. Das hat die ausgelaufene Milch bereits getan. Wir haben hier einen Mann, augenscheinlich zwischen vierzig und sechzig Jahre alt, zusammengebundene Hände mit einem etwa zehn Meter langen Hanfseil. Anscheinend wurde der Mann Opfer eines grausamen Verbrechens, indem er, wie es aussieht, hinter einem Fahrzeug her geschleift wurde«.

Thekla schaute den Kollegen der Spusi ungläubig und zweifelnd an. Schließlich waren sie hier nicht in einem Actionfilm und auch nicht in Italien bei der Mafia.

»Schau Dir am besten das Gesicht des Mannes nicht an«, sprach der Kollege von der Spusi weiter, »er hat nämlich kaum noch eins«.

»Weiß man bereits wer er ist? « fragte Thekla.

Der Spusi Mann schaute Thekla an und schüttelte den Kopf. »Keine Hinweise auf seine Identität. Die Jackentaschen seiner Cordjacke waren leer und auch in den Hosentaschen war nichts zu finden. Selbst den Ehering, den er wegen der Ringspuren am rechten

Ringfinger offensichtlich trug, hat man ihm abgenommen, - wahrscheinlich um keine Spurenlage zu hinterlassen«.

Thekla drehte sich um, um zu den Kollegen ihrer Dienstgruppe zu gehen. Plötzlich hörte sie:

»Hier, - ich habe was gefunden«

Ein anderer Kollege der Spurensicherung hatte in der linken Gesäßtasche des Toten ein klein zusammengefaltetes Stück Papier entdeckt. Er faltete es auseinander und reichte es Thekla, die zu ihm herangeeilt war.

»Die untere Hälfte eines Abholscheins, mit einer fortlaufenden Nummer. Kann einer von Euch lesen, was hier unten rechts auf dem abgedruckten Stempel steht? «, fragte sie. Der Kollege der Spurensicherung nahm den Zettel in die Hand, nachdem er seine Brille aufgelegt hatte »Änderungsschneiderei Wehmeier, Windeck-Herchen«, las er laut vor. Dabei schaute er in Richtung der uniformierten Kollegen der Wache Eitorf.

»Wisst Ihr wo Herchen ist? « fragte Thekla die Kollegen.

Die Kollegen grinsten, zeigten in Richtung Eitorf und meinten, »hinter Eitorf in Halft den Berg hoch, hinter dem Berg liegt Herchen«

»Oder Ihr Fahrt durch Eitorf durch und dann immer der L333 folgen« fügte ein anderer Kollege hinzu.

Thekla hob die rechte Hand, in der linken hielt sie den durchweichten Zettel, und rief: »Danke«.

»Jemand muss doch hier Schreie des Mannes gehört haben, der muss doch elendige Schmerzen gehabt haben bevor er starb«, meinte Lisa, als Thekla wieder zu den wartenden Kollegen zurückkam. Dabei schaute Lisa die Harmoniestraße entlang vom Fundort in der Nähe der dort befindlichen Geschwindigkeitsmessstelle in Richtung Eitorf. »Hier stehen doch genügend Häuser und dort wohnen auch genügend Menschen, wie man sieht«.

Auf der Straße standen nun, aufgehalten durch das großräumig gespannte Absperrband der Polizei, die Bewohner des Ortsteils, die vom Blaulicht angezogen, schauen wollten, was dort vorgefallen sei.

»Lisa, Peter, Robert, - nehmt Euch mal die Neugierigen vor. Vielleicht hat ja wirklich irgendeiner etwas gesehen oder gehört. Ich versuche unterdessen weitere Einzelheiten von der Spusi zu erfahren«.

In diesem Moment kam der Leiter der Spusi zu den Kollegen der Kripo.

»Mein Kollege hat blutige Schleifspuren gefunden. Diese enden allerdings nach etwa fünfzig Metern«, dabei zeigte der Mann in Richtung der Schaulustigen. »Es sind bereits Proben des Blutes gesichert worden und gehen ins Labor«.

Thekla nickte und bedankte sich für die Info.

»Ihr befragt hier weiter die Leute, ob sie etwas gesehen oder gehört haben. Fragt nach allen verdächtigen Beobachtungen oder Geräuschen. Wir müssen jetzt noch so kleinen Hinweisen nachgehen und Kleinstarbeit leisten sonst wird uns hinterher vorgeworfen, wir hätten im Nebel rumgestochert, auch wenn er sich gerade aufgelöst hat«, meinte Thekla lächelnd.

»Und Du? «, fragte Robert skeptisch, »was machst Du jetzt? «, denn er glaubte, Thekla würde mit ihm gemeinsam erst einmal frühstücken gehen, bevor der Ermittlungsstress nun so richtig beginnt.

»Ich fahre jetzt zu dieser »Änderungsschneiderei, wo auch immer die ist. Die uniformierten Kollegen dort drüben, Thekla zeigte auf die Beamten, die bemüht waren die Schaulustigen fern zu halten, werden mir bestimmt erklären wo es lang geht. Vielleicht führt uns ja die Abholscheinnummer zu der Identität des Toten? «

»Sag mal«, flüsterte Robert in Richtung Thekla, nachdem er sich vergewissert hatte, ob Lisa und Peter weit genug von ihnen entfernt waren, »kann ich nicht mit Dir fahren? Drei Fachkräfte hier vor Ort zur Befragung sind doch vielleicht zu viel? – Oder? «

Thekla schaute sich um, überlegte kurz und meinte dann: »Ich glaube Du hast Recht. Das können die Beiden auch ganz gut alleine bewältigen. Vielleicht ergeben sich in Herchen neue Aspekte und ich brauche Dich wirklich für weitere Ermittlungen«

Robert atmete erleichtert durch als Thekla zu Peter und Lisa rief: »Robert fährt mit mir. Wir ermitteln gemeinsam an dem Hinweis, den uns der gefundene Abholschein, zumindest der Rest davon, bringen könnte«. Sie hob die Hand zur Verabschiedung, denn die beiden Angesprochenen waren schon wieder in Befragungen, der sehr aufgeregten Bürger vertieft.

*

Es klingelte an der Haustüre des kleinen Häuschens in Siegburg-Stallberg, das Thekla gemietet hatte, nachdem sich Bernd Lay, der Vater von David Sommer von ihr getrennt hatte. Auslöser der Trennung war der Umstand, dass Thekla sehr oft einen unregelmäßigen Dienst hatte und sie sich seines Erachtens, auseinandergelebt hatten. Bei einem seiner beruflichen Tätigkeiten als Anstreicher hatte er damals Doris Kaminski kennengelernt und nach mehreren Treffen, sich dazu entschlossen mit ihr einen neuen Lebensabschnitt zu beginnen. Thekla war seinerzeit sehr deprimiert. Sie hatte ursprünglich die Trennung darauf geschoben, dass Bernd auf einen Trieb gerichteten Impuls hin handelte, da Doris im Gegensatz zu ihr ziemlich „Holz vor der Hütte" hatte. Thekla war zwar durch ihre täglichen Sporteinheiten vollkommen durchtrainiert, mit straffem Bindegewebe und festem Busen ohne viel Fett am Körper, aber der Verlust des Partners ließ ein Feindbild, in Form dieser Nebenbuhlerin in ihr entstehen.

David Sommer, der in dem Haus auf seine Mutter wartete, da er sie besuchen und etwas Wichtiges mit ihr bereden wollte, öffnete die Haustüre.

»Hallo David«, begrüßte Sylvia, eine bereits seit der Schulzeit gute Freundin seiner Mutter, den erstaunt wirkenden David, »ist Deine Mutter da? Ich müsste mal dringend mit ihr reden«.

»Hallo Sylvia, - Dich habe ich ja lange nicht gesehen«, antwortete David. »Nein, Mama ist noch nicht da, wir warten auch auf sie. Auch ich wollte dringend mit ihr reden. Aber komm doch erst mal rein, - wie geht es Dir? «

Sylvia trat in die Diele, zog den Mantel aus und hing diesen an die Garderobe. Es war ihr peinlich, David hier anzutreffen, da sie mit Thekla eine sehr unangenehme Situation bereden wollte, in die sie auf ihrer Arbeitsstelle geraten war. Sylvia hatte sich bereits vor vielen Jahren als lesbisch geoutet. Auf Thekla als beste Freundin, konnte sie sich immer verlassen. Sie war eine der Wenigen, die damals zu ihr gehalten hatten und sie nicht verurteilte, als sie sich von ihrem Mann getrennt hatte, den sie als sogenanntes Alibi geheiratet hatte. Mit Thekla war so ein wunderbares platonisches Verhältnis entstanden, dass sie sich, wie im Schoß der Familie fühlte, wenn sie sich trafen.

»Du bist ja ein richtig großer junger Mann geworden. Das letzte Mal als wir uns gesehen hatten, warst Du etwa so groß«, Sylvia hielt ihre flache Hand in einer Höhe von etwa einemmeterdreißig vor sich hin. »Und jetzt bist Du größer als ich«.

»Na ja«, meinte David trocken aber scherzhaft, »das ist ja auch keine Kunst, - Frauen sind ja meistens kleiner als Männer«. Beide lachten.

Aus dem Wohnzimmer kam Jana Kaminski, die Tochter von Doris Kaminski, Bernds neuer Freundin und nahm David liebevoll in den Arm. Nachdem sie Sylvia lächelnd mit einem »Hallo« begrüßt hatte, meinte David: »Das ist Jana, meine Freundin. Sie ist die Tochter von der neuen Freundin meines Vaters«.

»Ach wie praktisch«, meinte Sylvia, die im Moment nicht wusste wie sie mit der Situation umgehen sollte. Schließlich war die damalige Trennung von Thekla wegen der Mutter dieses Mädchens geschehen, »dann bleibt es ja irgendwie in der Familie«, sagte Sylvia.

David verstand die Ironie des Gesagten nicht und lächelte. »Ja, sehr praktisch. Jana wohnt auch nur eine Straße neben dem Haus, wo Bernd und ich jetzt wohnen«. Er schmiegte sich nun fest an seine Freundin und gab ihr einen Kuss auf die Stirn.

Sylvia fühlte sich in Anwesenheit der „jungen Liebe" plötzlich unwohl. War sie doch gekommen, um mit Thekla über ihre zurzeit verworrene Gefühlswelt zu sprechen und sich Rat einzuholen. Bei ihrem letzten Saunabesuch, den sie alleine machte obwohl es eigentlich regelmäßig zu einem monatlichen gemeinsamen Saunieren mit Thekla kam, hatte sie eine Frau kennengelernt, mit der sie in der anschließenden Nacht eine schöne Zeit, mit intensivem körperlichen Kontakt verbrachte. Bis - mitten in der Nacht, - die Türe zum Schlafzimmer aufging und der Ehemann der neuen Bekanntschaft hereinkam. Angeheizt von dem Anblick zweier nackter und aufreizender Körper zog er sich rasch aus und kam, man sah ihm seine Erregtheit unweigerlich an, zu den Beiden ins Bett. Die Frau, die Sylvia in der Sauna noch eben kennengelernt hatte, die Ehefrau dieses Mannes, nahm ihn freudig in den Arm, legte sich auf den Rücken und nahm den Mann genussvoll in sich auf. Gleichzeitig jedoch suchte ihr Mund nach dem von Sylvia und ihre Hände liebkosten Sylvias weiche Brust. »Komm, mach mit, - mein Mann macht es wundervoll und zärtlich«, hauchte sie. Sylvia, normalerweise angewidert von steifen Phalli, ließ es geschehen, da sie wie in einer Trance wegen der zärtlichen und leidenschaftlichen Zungenspiele der Saunabekanntschaft war. Was sie sehr verwunderte, als sie wieder im Auto und auf dem Heimweg war, - es hatte ihr gefallen von einem Mann genommen zu werden und gleichzeitig mit einer Frau intim zu sein. Diesen Gefühlswirrwarr wollte sie nun mit

Thekla bereden, um Klarheiten in die neue Gefühlswelt zu bringen. Die Meinung Theklas war ihr sehr wichtig.

»Also wisst Ihr, - wenn Ihr auch etwas mit Thekla zu bereden habt, dann komme ich die Tage nochmal vorbei. Ich möchte Euch auch nicht weiter stören und denke es ist besser, wenn ich wieder fahre« meinte Sylvia.

»Ach Quatsch«, meinte Jana, »Du störst doch nicht. Komm setz Dich zu uns auf die Couch, ich habe uns gerade eine Flasche Cola aufgemacht oder möchtest Du lieber einen Tee? «

»Vielen Dank«, winkte Sylvia ab, »das wird mir dann aber auch zu spät. Ich werde Thekla anrufen und ein nächstes Treffen abklären«. Sie ging zurück in die Diele und zog sich ihren Mantel an.

»Ganz wie Du meinst«, meinte David, der insgeheim froh war wieder alleine mit seiner Liebsten zu sein, »ich werde Mama erzählen, dass Du da warst«. Er war bereits an der Haustüre und öffnete diese ganz so, wie es sich gehörte.

*

Bei der abendlichen Fallbesprechung im Siegburger Polizeipräsidium waren alle aus Theklas Team anwesend. Alle saßen im Besprechungsraum der Dienstgruppe II um den ovalen Tisch, den Thekla extra für diese Runde hatte anschaffen lassen. Auch Sybille Salz, die „gute Seele" aus dem Team, war anwesend. Sie führte stets das Besprechungsprotokoll, seitdem sie aus dem aktiven Ermittlungsdienst aus gesundheitlichen Gründen in den Innendienst gewechselt war. Das ganze Team war froh, dass diese sehr erfahrene Kollegin die ausgeschriebene Position bekommen hatte. So konnte man sich darauf verlassen, dass die anstehenden Arbeiten über Datenabgleiche, Hintergrundrecherche und Analyse der Zusammenhänge, zielgenau erledigt wurden, da Sybille auch mit kriminalistischem Feingefühl vorging.

»Hallo zusammen«, begrüßte Thekla die Runde, »leider kommen wir heute erst zusammen, wo wir normalerweise in den Feierabend gehen, jedoch hat der neue Fall, wie Ihr wisst ohne große Anhaltspunkte begonnen und wir müssen echte Kleinstarbeit leisten. Danke für Euer Verständnis und den tollen Einsatz«.

»Aber Thekla, es ist doch selbstverständlich, dass bei einem Mordfall alles andere zurückstehen muss«, meinte Lisa Drollig, »das ist doch gar keine Frage«.

»Trotzdem macht gerade das die angenehme Atmosphäre und den nicht eingeforderten Zusammenhalt dieses Teams aus«, fügte Peter Ludwig hinzu. »Gerade die Art und Weise, wie Du mit uns umgehst, zeichnet Dich aus. Unseren Dank dafür zeigen wir, indem wir manchmal rund um die Uhr ermitteln. Auch jetzt erfahren wir Anerkennung von Dir für die Überstunden«.

Auch wenn Thekla wusste, dass alle im Raum wussten, dass ihr Dank eine rhetorische Floskel war, so waren es doch schöne Worte und eine tolle Bestätigung vom Team, dies zu hören.

»Also«, meinte Thekla, »bevor Robert und ich Euch zu der Identität des Toten interessante Neuigkeiten mitteilen, möchte ich erst Eure Ergebnisse hören«.

Lisa ergriff das Wort, setzte sich aufrecht auf den gepolsterten Stuhl, legte die Unterarme auf den Besprechungstisch und hielt mit Beiden Händen ihren Notizblock so, dass sie die Stichpunkte bequem lesen konnte. »Peter und ich hatten zunächst die Schaulustigen gebeten zurück in ihre Häuser zu gehen, da wir jeden einzelnen nacheinander befragen wollten. Einige kamen unserer Bitte nach kurzem Zögern nach, andere wollten sich zuerst die Bergungsarbeiten des umgestürzten Milchtransporters anschauen. Peter meinte dann zu den Hartnäckigen, dass dies eine polizeiliche Anordnung sei, worauf eine betagte Frau, die mit einer Küchenschürze bekleidet war meinte, hier in der Harmonie wäre doch nichts mehr los. Es wäre doch sogar so, dass die Kinder sich öfters einen Spaß daraus machen würden auf dem Bürgersteig vor den Häusern zu sitzen und darauf zu warten, wann es endlich mal wieder blitzen würde«.

»Die sitzen bei Gewitter im Regen draußen und warten bis es endlich blitzt? « fragte Robert ungläubig.

Peter lachte als er erklärte, dass die Kinder dort sitzen und darauf warteten, wann mal wieder ein Ortsunkundiger an der dort installierten Radarmessstelle zu schnell fuhr«.

»Ach der Starenkasten …«, meinte Robert schmunzelnd und schaute Thekla an, die vor einigen Monaten bei einem anderen Ermittlungseinsatz, dort auch einmal die vorgegebene Geschwindigkeit nicht eingehalten hatte.

Lisa ergriff wieder das Wort, um weiter zu berichten. »Peter befragte also die dort weiterhin stehenden Personen und ich ging in die einzelnen Häuser, um dort die Leute aufzusuchen. Dabei erfuhr ich so einiges über den Ortsteil „Harmonie". Eine Frau erzählte mir, dass der

Ort ziemlich ausgestorben wirkte, weshalb ein solcher Unfall, wie er am Morgen geschehen sei sofort großes Interesse hervorrufe. Früher, so erzählte die Frau, als das Restaurant von den Hildebrandts noch existierte, da wäre im Ort noch was los gewesen. Dort wären im Saal große Karnevalsveranstaltungen mit Kostümball abgehalten worden. Auch hätte die Karnevalstanztruppe „Turmgarde" dort im Saal immer trainiert. Diese Tanzgarde war auch damals mehrmaliger Deutscher Vizemeister und vielfacher Rheinland-Pfalz Meister. Auch die Seniorengarde mit etwa dreißig Tänzerinnen und Tänzern hätten Erfolge in Belgien, den Niederlanden aber auch in den Kölner Satory Sälen sowie in Düsseldorf, Münster und weiteren Deutschen Städten feiern können«.

Lisa unterbrach sich selbst und schaute zu Thekla. »Das hat zwar nichts mit unserem Fall zu tun aber das zeigt die Verbundenheit der dortigen Bürger zu ihrer Heimat«.

»Schon gut«, meinte Thekla kopfnickend, »hast Du noch etwas? «

Lisa fuhr fort: »Einige Häuser weiter bat mich ein rüstiger Rentner ins Haus. Er hatte gerade frischen Kaffee gekocht und bot mir eine Tasse an. Als ich mit ihm am Küchentisch saß meinte er, dass vielleicht der Bäcker drüben aus Bourauel auf der anderen Siegseite etwas erzählen könne. Dieser würde früh morgens in Tüten verpackte Brötchen zu den Häusern fahren, die vorbestellt wurden. Die Zeit sei nicht mehr so wie früher und viele kleine Geschäftsleute würden nun auch kleineren Service anbieten, um zu überleben. Wie der Bäcker hieß, konnte er mir nicht sagen. Er meinte, er könne mir die Telefonnummer aufschreiben aber bei ihnen im Ort hieß er nur „der Bäcker". Ansonsten sei im Ort nichts los. Als damals noch in der Gaststätte Hildebrandt das Vereinslokal der Fußballmannschaft „Lokomotive Hildebrandt" aktiv war, wäre er dort einige Male gewesen um sich abzulenken aber seitdem das Lokal geschlossen wurde und nun nur noch die beiden Imbisse, die am

Ortseingang etwa achtzig Meter auseinander stehen, für etwas Abwechslung sorgen würden, würde er auch nicht mehr so viel mitbekommen. Er wies noch darauf hin, dass der Fritten Lieferant vielleicht bei der Warenanlieferung etwas gesehen haben könnte. Die Imbisse würden täglich mit frischer Ware beliefert. So kämen belgische Fritten von einem Lieferanten aus Siegburg, die Bratwürste aus einer Metzgerei in Eitorf-Halft und das Fleisch für die Frikadellen und die Schnitzel von einer Metzgerei direkt aus Eitorf. Die Brötchen, die dort benötigt würden, würden ebenfalls von dem Bäcker aus Bourauel angeliefert. Ob denn morgens um die Uhrzeit schon jemand im Imbiss wäre, wollte ich wissen«, meinte Lisa, die in ihrem Redeschwall gar nicht zu stoppen war, »doch der nette Rentner meinte, die Lieferanten hätten entsprechende Schlüssel«.

»Ansonsten also auch keine Hinweise zu unserem Mordfall? « fragte Thekla knapp.

Lisa schüttelte den Kopf und kneifte die Lippen fest zusammen, als müsse sie sich selber dazu zwingen nicht weiter zu reden. »Leider nein«, sagte sie.

Thekla wandte sich zu Peter. »Hast Du etwas herausbekommen? « fragte sie.

Auch Peter schüttelte seinen Kopf und meinte: »Leider keine sachdienlichen Hinweise. Einer der Männer sagte mir zwar, dass sei hier so spannend wie bei „Alarm für Cobra 11" und er freute sich, dass endlich mal wieder etwas los sei außer den Fußballspielen von Lokomotive Hildebrandt unten im Bernabeo-Stadion an der Siegbrücke«.

»Eitorf Harmonie hat ein Fußballstadion?« erstaunt schaute Robert von seinem Handy auf. Er hatte gerade nachgeschaut, wie lange Imbiss Paul in Siegburg-Kaldauen heute geöffnet hatte. Langsam bekam Robert nämlich echt Kohldampf auf eine leckere Currywurst von seinem Stammimbiss Paul nahe dem Wohnort von Thekla und ihm, die er schon sehr gerne essen würde.

»Peter lächelte und beantwortete die erstaunte Frage von Robert. »Das ist eine Wiese unterhalb der Siegbrücke in Harmonie, die für Trainingseinheiten und Fußballspiele, - übrigens auch für Turniere gemäht wird«.

Breites Grinsen war nun auf den Gesichtern aller zu sehen.

»Nun gut«, machte sich Thekla daran, die Ermittlungsergebnisse von ihr und Robert, den anderen mitzuteilen, »Der Navi hat uns von „Harmonie", durch Eitorf in Richtung Alzenbach und dann in „Halft" über den „Gerressener Berg" geleitet. Hinter der Bergkuppe kam als nächster Ort „Gerressen". Die Straße endete in Herchen. Dort mussten wir ein Stück über die Siegtalstraße und dann links in die Ennenbacher Straße, . Nach einigen Metern war auf der rechten Seite die Änderungsschneiderei. In dem sehr gemütlich wirkenden kleinen Raum wurden wir von einer freundlichen Frau«, Thekla blätterte in ihren Unterlagen, »Frau Trude Neuhaus begrüßt. Nachdem wir uns vorgestellt hatten und den Rest des gefundenen Abholscheins vorlegten, meinte Frau Neuhaus, sie hole am besten mal die Chefin. Kurze Zeit später kam eine recht junge Frau in Begleitung von Frau Neuhaus und reichte uns freundlich die Hand«.

»Guten Tag, Sarah Waggon, was kann ich für Sie tun?« lächelte die Frau.

»Ist dieser Abholschein von Ihnen? «, meinte Robert und hielt die zerknitterte Hälfte des Scheins, die in der Tasche des Opfers gefunden wurde in ihre Richtung.

Frau Waggon nahm ihn in die Hand, drehte ihn zuerst um und schaute dann Robert an. »Ja, der ist von uns. Da unten steht ja noch unser Stempel neben der Abholnummer«, meinte sie.

Nachdem wir ihr erklärten, wir würden in einem Fall ermitteln und sie fragten, ob es möglich sei herauszubekommen, wem der Schein zuzuordnen sei, meinte Frau Waggon, die Durchschläge der Scheine würden nach Nummern sortiert abgeheftet. »Moment bitte, ich schau einmal in den Ordnern nach«, meinte sie und ging in die hinteren Räume. Nach kurzer Zeit kam sie wieder und meinte, es sei die Änderung eines Mantels gewesen, der bereits vor zwei Monaten von einem Herrn Jens Schimmelpfennig aus Gerressen abgeholt worden war. Eine genaue Adresse war auf dem Schein nicht verzeichnet.

»Ihr meint«, fragte Lisa interessiert, »so einfach habt Ihr die Identität des Toten klären können? «

»Das wissen wir noch nicht«, entgegnete Thekla, »als wir wieder im Auto waren, machte Robert eine Abfrage beim Einwohnermeldeamt und wir fuhren zu der Adresse, die uns genannt wurde. Als wir dort ankamen, stiegen wir aus und klingelten. Als niemand öffnete ging Robert ums Haus um zu schauen, ob der Fahrzeughalter vielleicht im Garten sei. Dabei bemerkte er die zerbrochene Glasscheibe an der Kellertüre hinter dem Haus, die jedoch verschlossen war. Als Robert zurückkam und ich erneut mehrmals klingelte, hörten wir, wie jemand schnell eine

Holztreppe von der oberen Etage nach unten gelaufen kam.

»Jaaa, - ich komm ja schon«, hörten wir eine jugendliche Stimme rufen, bevor uns die Tochter des Hauses, die zwanzigjährige Miriam Schimmelpfennig die Türe öffnete. Ihre langen brünetten Haare waren vollkommen zerzaust, so als sei sie gerade aus dem Bett gekommen. Auch ihre Bekleidung, ein viel zu weites Schlafshirt und darunter außer Socken nichts anderes, ließen darauf schließen. Wir entschuldigten uns für die Störung und stellten uns vor. Auf die Frage hin, ob wir Herrn Jens Schimmelpfennig sprechen könnten, meinte sie, dass er wohl nicht zu Hause sei. Sie selber sei erst vor zehn Minuten nach Hause gekommen und ebenfalls verwundert, dass der Vater nicht da war. Auf die Frage, ob wir gemeinsam auf den Vater warten könnten meinte Miriam, wir sollten nicht böse sein, aber sie sei mit ihrem Freund letzte Nacht auf einem Event in der „Kulturhalle Kabelmetall" in Windeck-Schladern gewesen. Dort habe die Band „Metallica Rossel" ein Konzert gegeben. Es war ziemlich wild und heftig. Sie müsse jetzt unbedingt schlafen. Wir verabschiedeten uns wieder und meinten, wir kämen am nächsten Tag wieder vorbei«.

Thekla schaute sich im Kreis der Kollegen um.

»Soweit unsere bisherigen Ermittlungen, - morgen geht's weiter«.

»Und wer soll morgen welche Recherche durchführen? « fragte Peter Ludwig.

»Ich schlage vor, Du Lisa, gehst morgen in die Bäckerei in Bourauel und zu dem Lieferdienst, der den Imbiss in Harmonie beliefert und fragst, ob ihnen in der fraglichen Zeit vor dem Mord etwas Ungewöhnliches aufgefallen war. Du Peter kommst mit mir und Robert zu der Adresse des Jens Schimmelpfennig. Sobald wir herausbekommen haben, ob der Tote dieser Schimmelpfennig ist, entscheiden wir vor Ort unser nächstes Vorgehen. Lisa wird dann später zu uns stoßen und sich in die weiteren Ermittlungen einschalten«.

Thekla schaute auf die Uhr und dann aus dem Fenster in die Dunkelheit des frühen Abends. »Es ist spät geworden. Wir treffen uns morgen früh um acht Uhr wieder hier«.

Alle standen auf und Peter klopfte dreimal mit seiner Faust auf die Tischplatte.

»Bis Morgen«, sagte er noch, bevor alle das Präsidium verließen.

»Jetzt noch schnell eine Currywurst in Kaldauen«, meinte Robert zu Thekla, als sie in den Twingo einstiegen.

Thekla aber schüttelte den Kopf. »Wir fahren jetzt nach Hause. Es ist schon recht spät und ich habe noch etwas in der Küche zu tun. Außerdem haben wir noch Sauerkraut und Kassler von gestern im Kühlschrank. Du sagst doch immer, dass würde aufgewärmt noch besser schmecken«.

Robert stieß heftig Luft aus der Nase, verzog seinen Mund und nickte langsam. »Sie hat ja recht«, dachte er, »aufgewärmt mit Kartoffelpüree untereinander gerührt schmeckt es wirklich besser. Dann ist alles schön durchgezogen«.

Zuhause angekommen fanden sie einen Zettel auf dem Küchentisch:

„Waren hier und wollten was mit Euch bereden. Das hat aber noch Zeit. Kommen irgendwann wieder vorbei. Die Küche ist aufgeräumt und alles gespült. Liebe Grüße David und Jana"

Beim Aufwärmen des Essens vom Vortag meinte Thekla zu Robert: »Schade, - ich hätte die zwei gerne mal wiedergesehen«.

*

Am nächsten Morgen waren alle zur verabredeten Zeit im Polizeipräsidium auf der Frankfurter Straße in Siegburg. Auf dem Flur zum Besprechungszimmer kam Thekla und Robert, der erst vor einigen Wochen eingestellte Polizeipsychologe entgegen. Wie immer trug er seine gelben Lackschuhe, mit denen er die Aufmerksamkeit der Gesprächspartner auf sich ziehen wollte, um dann aus der jeweiligen Reaktion Rückschlüsse auf die Person ziehen zu können, die gerade vor ihm stand.

»Guten Morgen zusammen. Zu Ihnen wollte ich gerade. Nach und nach führe ich mit den Kolleginnen und Kollegen Einzelgespräche, um über Sorgen und Nöte im Polizeidienst zu sprechen. Wann hätten Sie denn einmal Zeit dafür? «

Robert schaute den Mann an, lächelte und meinte, »wir haben keine Sorgen, - wir haben uns ja«, dabei umarmte er Thekla liebevoll, die neben ihm stand.

»Und außerdem sind wir am Anfang eines neuen Falles, also ist es sehr schwierig für Sie einen Termin bei uns zu bekommen«, meinte Thekla und zog Robert hinter sich her, an dem Psychologen vorbei.

Im Besprechungsraum warteten bereits Lisa, Peter und Sybille. Kurz wurde noch einmal die Vorgehensweise, wie am Vorabend bereits besprochen zugewiesen. Sybille meinte noch zum Abschluss, sie hätte die Anschrift des Fahrers des Ford Mustang abgefragt, der am gestrigen Tag im Siegtal fast einen Unfall mit ihnen verursacht hätte.

»Er wohnt in Kircheib, in der Obereiper Straße zweihundertvier. Der Wagen ist zugelassen auf Herrn Armin Bawulski, ehemals wohnhaft in Köln-Chorweiler«.

»Kircheib? « fragte Robert, »ist das nicht der Ort in dem so schöne Holzhäuser ausgestellt sind? Dort wo man von der Hundehütte bis zum Wohnhaus alles nach den gewünschten Maßen bekommen kann? «

»Genau«, bestätigte Peter, der sich dort einmal auf Wunsch seiner Frau nach den Holzhäusern erkundigt hatte. Der Ort, der übrigens zur Verbandsgemeinde Altenkirchen-Flammersfeld gehört, hatte Ende zweitausendneunzehn etwa fünfhundertzehn Einwohner«.

»Und einer davon ist unser Raser«, meinte Lisa.

»Der wird sicherlich auch noch von uns hören. Vielleicht sogar im Rahmen der jetzigen Ermittlungen. Vielleicht hat er ja etwas von dem LKW-Unfall und dem Toten mitbekommen? « fügte Robert hinzu.

Thekla nickte und stand auf, was bedeutete, dass sie die Besprechung auflösen wollte und sich alle nun an die zugedachten Ermittlungen begaben.

*

Lisa kam mit dem Dienstwagen gegen zehn Uhr an den beiden Imbissen in Harmonie an. Die anderen waren in einem weiteren Dienstwagen, da Peter nicht mit in den

Twingo gepasst hätte, unterwegs nach Gerressen. Die Schnellimbisse waren zwar noch geschlossen aber in einem war eine Angestellte damit beschäftigt, die Geräte aufzuheizen und die Waren zu präsentieren und vorzubereiten.

»Entschuldigen Sie«, meinte Lisa, »sind Sie die Chefin? « dabei zeigte sie ihren Dienstausweis.

»Nein«, entgegnete die sehr sympathisch wirkende jung Frau, »ich bin hier nur angestellt. Worum geht es denn, der Chef ist noch nicht da. Er trifft sich, bevor er hierhin kommt jeden Morgen in Eitorf mit seinen Kumpels zum Kaffeetrinken«.

»Ich hätte einige Fragen an ihn wegen der Lieferanten, die hier früh morgens die Ware liefern. Keine Sorge, - es ist nichts was den Betrieb hier betrifft, - ich brauche lediglich die Namen der Lieferanten«.

»Da kann ich Ihnen leider nicht weiterhelfen, aber wenn Sie wollen, fahren Sie nach Eitorf zum Marktplatz.

Dort in dem Café, schräg gegenüber des Tabakladens Lichius treffen sie sich immer« meinte die junge Frau.

»Ich muss noch gerade nach Bourauel. Auf dem Rückweg komme ich noch einmal vorbei. Meinen Sie, der Inhaber ist dann hier? «

Die Frau schaute auf die Uhr, die seitlich an der Wand hing, »Ganz bestimmt«, meinte sie, »wir machen in zwanzig Minuten auf, dann ist der Chef hier«.

Lisa setzte sich ins Auto und fuhr über den Bahnübergang nur wenige Meter vom Imbiss entfernt, um über die Brücke auf die andere Siegseite zu gelangen. Schnell hatte sie die kleine Bäckerei erreicht, deren Inhaber noch den Service anbot, die bestellten Brötchen frühmorgens sobald sie aus dem Backofen kamen rund um Bourauel und auch nach Harmonie zu liefern. Der Bäcker bestätigte, dass auch die beiden Imbisse zu seinen Kunden gehörten und dass er dort Brötchen liefere.

»Gestern Morgen, gegen halb sieben? « fragte er, »da habe ich meine Lieferrunde schon hinter mir. Ich fange um drei Uhr an zu backen und liefere zwischen vier und fünf Uhr die Brötchen vor die Haustüre meiner Kunden«.

»Dass es so einen Service noch gibt? Mein Vater hat mir mal erzählt, dass es so etwas früher mal gegeben hätte aber nie in der Stadt,« meinte Lisa.

»Aber hier auf dem Land schon, - jedenfalls gehört das mit zu meinem Geschäftsmodell ansonsten würde es uns hier wahrscheinlich nicht mehr geben. Wissen Sie, – die Zeiten sind schlecht geworden für uns kleine Handwerksbetriebe«.

Lisa bedankte sich und fuhr zurück zum Imbiss, der sich auf der anderen Siegseite befand. Hier erfuhr sie von dem Betreiber den Namen des Lieferanten, der frühmorgens bereits Ware anlieferte. Sie bedankte sich und fuhr danach, wie mit Thekla vereinbart nach Gerressen, um die Kollegen bei ihrer Arbeit zu unterstützen.

*

Thekla und ihre Kollegen hatten unterdessen von Miriam Schimmelpfennig, die ihnen die Türe auch an diesem Morgen öffnete erfahren, dass der Vater noch nicht wieder zu Hause sei. Dies sei ein sehr untypisches Verhalten seitens des Vaters. Weiterhin hatte sie auch die zerbrochene Scheibe der Kellertüre bemerkt. Der Schlüssel steckte zwar noch von innen aber die Türe sei nicht abgeschlossen gewesen.

»Frau Schimmelpfennig, wir müssen Ihnen nun mitteilen, weshalb wir hier sind. Gestern haben wir eine nicht identifizierte Leiche in Eitorf-Harmonie vorgefunden. In der Hosentasche fanden wir einen Abholschein von der Änderungsschneiderei Wehmeier. Von dort führte uns die Nummer des Abholscheins zu Ihnen hierhin«.

»Nein, - um Gottes Willen was ist passiert? »Wo ist mein Vater? Kann ich ihn sehen? « schrie Miriam.

»Wir wissen ja noch gar nicht, ob es Ihr Vater ist«, meinte Thekla, »haben Sie vielleicht etwas für einen DNA-Abgleich, wie zum Beispiel Haare aus einer Bürste? « fragte Thekla die junge Frau, die inzwischen von Peter gestützt wurde, da sie zusammenzusacken drohte.

Miriam nickte, »oben im Bad die Bürste auf der rechten Seite im Spiegelschrank, - die benutzt mein Vater immer«.

Robert ging die Treppe in die obere Etage hoch und kam an Miriams Zimmer vorbei, das ziemlich unaufgeräumt auf ihn wirkte. Insbesondere das Bett mit der zerwühlten Bettwäsche fiel ihm auf.

Unterdessen ging Thekla mit Miriam in den Keller, um sich die zerbrochene Scheibe genau anzuschauen. »Hier sind Blutspuren an den Scherbenresten des Fensters. Wir müssen die Spurensicherung hierher bestellen, damit das untersucht wird. Fassen Sie bitte nichts mehr an. »Wo sind die Scherben, die Sie aufgefegt haben?« fragte Thekla.

Schluchzend zeigte Miriam auf die Mülltonne, die im Außenbereich stand.

Thekla wählte die Nummer von ihrem Vorgesetzten, Fred Bollenkamp. Sie schilderte kurz den Sachverhalt und bat darum, dass er möglichst umgehend einen Trupp der Spurensicherung vorbeischicken solle. Bevor sie auflegte drehte sie sich zu Miriam Schimmelpfennig und fragte: »Wie ist das Kennzeichen des Wagens Ihres Vaters? « Thekla wiederholte das Kennzeichen ins Telefon. Dann sagte Sie zu ihrem Vorgesetzten: »Bitte gib eine Suchmeldung nach dem Fahrzeug durch«. Danach drückte sie die rote Taste des Smartphones.

Als sie wieder aus dem Keller in die Diele im Erdgeschoss kamen, stand Robert mit einer Haarbürste, die er bereits in einem keimfreien Beutel verstaut hatte und fragte: »Ist das die richtige? «

Miriam nickte.

»Was machen Sie eigentlich beruflich? Haben Sie Urlaub? « fragte Thekla.

»Ich bin Studentin der Veterinärmedizin in Hannover. Mein Wunsch war es zur Polizei zu gehen aber bei einer Größe von einhundertsechsundfünfzig Zentimeter bin ich bei der Aufnahmeprüfung leider durchgefallen«, meinte Miriam. »Im Moment bin ich wegen eines Magengeschwürs zum Studium nicht fähig. Deshalb erhole ich mich einige Tage hier zu Hause. Was ist denn jetzt? Kann ich meinen Vater sehen? Hier auf dem Bild«, sie zeigte auf ein Bild im Hausflur, »ist mein Vater. Ist das der gefundene Tote? «

Thekla schaute sich das Bild an auf dem sich ein älterer Mann mit zwei jungen Männern befand. »Das kann ich so nicht sagen«, meinte Thekla zögernd. »Das Gesicht des Toten ist zerstört. Deshalb brauchen wir den DNA-Abgleich«.

Miriam fing wieder an zu schluchzen.

»Wer sind denn die beiden jungen Männer hier auf dem Foto? « fragte Robert.

»Das hier«, die junge Frau zeigte auf den Jungen rechts von ihr auf dem Bild, »das ist mein Bruder Nils und auf der anderen Seite der, der den Arm um mich legt, das ist mein Freund Giuseppe«.

»Giuseppe? Ein Italiener? « fragte Robert nach.

»Ja, Giuseppe Balto, italienischer Abstammung«

»Ziemlich groß für einen Italiener«, meinte Thekla, »der ist ja fast zwei Köpfe größer als Sie«.

»Das sagen alle«, meinte Miriam lächelnd.

»Und Ihr Bruder, was macht er? «

»Nils ist zwei Jahre älter als ich und studiert an der Uni Bonn das Fach Informatik. Er war schon immer so technikaffin«.

»Okay«, meinte Thekla und drehte sich in Richtung der Haustüre, »wenn wir weitere Fragen oder genauere Erkenntnisse bezüglich Ihres Vaters haben, melden wir uns wieder«.

Die Kommissare verließen das Haus und gingen zu dem am Straßenrand abgestellten Wagen, gerade als Lisa mit ihrem Dienstwagen dahinter anhielt. »Leider hat sich in Harmonie nichts Neues ergeben«, sagte sie zu den entgegenkommenden Kollegen. »Die Betreiber der Schnellimbisse konnten mir nur die Adressen und die Telefonnummern der Lieferanten geben. Die Fahrer konnten über keine Auffälligkeiten berichten und der Bäcker meinte, dass er um die in Frage kommende Zeit bereits seine Tour beendet hatte«.

Theklas Handy klingelte und sie sah, dass Sybille anrief. »Hallo Sybille, - was gibt es Neues? «, meldete sie sich.

»Hallo Thekla, - ich habe die Obduktionsergebnisse und möchte sie Euch mitteilen. Der Tote hat ein kleines

Tattoo oberhalb des rechten Hüftknochens. Es zeigt ein Herz mit den Initialen M.K.- Ansonsten hat die Gerichtsmedizin herausbekommen, dass der Tote sich anscheinend vor vielen Jahren einer Operation unterzogen hatte, bei dem eine sogenannte Frenulum-Plastik vorgenommen wurde. Das muss allerdings schon sehr lange her sein, da die Narbe nur sehr schwer zu erkennen war«.

»Danke für die Informationen. Wenn Du Weiteres herausfindest, - informiere uns bitte umgehend«, sagte Thekla, bevor sie das Gespräch beendete.

»Frenulum-Plastik? Was ist das denn? « fragte Robert, der das Telefonat mit Sybille mitgehört hatte, da Thekla den Lautsprecher des Smartphones auf laut gestellt hatte.

Thekla zog die Schultern hoch und meinte: »Habe ich auch noch nie gehört«.

Lisa jedoch, die immer sehr schnell mit der Internetrecherche auf ihrem Smartphone war, meinte:

»Eine Frenulum Plastik beschreibt einen Eingriff am Genital eines Mannes. Meist ist das Vorhautbändchen zu klein und es schmerzt beim Geschlechtsverkehr, so dass es durchtrennt und ersetzt werden muss oder es kann dazu kommen, dass das Vorhautbändchen reißt und künstlich ersetzt wird«. Auf einmal fing Lisa an zu grinsen und guckte schelmisch.

»Was ist los? « fragte Robert, »ich finde da nichts Amüsantes dran, - das muss doch höllisch wehtun«. Dabei hielt er eine Hand unterhalb seiner Gürtelschnalle, so als wolle er seine „Männlichkeit" schützen.

»Ich erinnere mich gerade an ein Abenteuer mit einem Mann, kurz nach meinem Abi. Es war für mich das zweite Mal, das ich mit einem Jungen intim war. Er war ebenfalls unerfahren und bemühte sich, seinen Mann zu stehen. Er war anscheinend zu wild bei der Sache. Im Krankenhaus wurde ihm das gerissene Vorhautbändchen zusammengenäht. Dass das „Frenulum-Plastik" hieß, wusste ich nicht«.

»Aber deshalb ist frau doch nicht so schadenfroh«, meinte Robert.

»Sorry, - aber ich hatte gerade den erschrockenen Blick des Jungen wieder im Kopf«, meinte Lisa, immer noch lächelnd.

Man sah Thekla an, dass sie überlegte. Robert wollte schon eine Bemerkung über seine Männlichkeit machen aber Thekla kam ihm zuvor. »Wir gehen noch einmal zurück ins Haus. Vielleicht kann uns Miriam mit der neuen Information weiterhelfen? «

»Du willst sie doch nicht fragen, ob ihr Vater …? « dabei zeigte er mit dem Zeigefinger seiner rechten Hand nach unten.

»Was denkst Du von mir? « meinte Thekla, »Es geht um das Tattoo.«

Alle vier Mitglieder der Dienstgruppe II standen dicht vor der Haustüre als Miriam Schimmelpfennig öffnete.

»Haben Sie etwas vergessen? « fragte sie irritiert.

»Es hat sich gerade noch eine Frage ergeben, bezüglich einer neuen Information die wir erhalten haben« begann Thekla zögerlich.

»Ja bitte« meinte Miriam, die neugierig geworden war.

»Hatte Ihr Vater irgendwo ein Tattoo? «

»Ähm, - ja« erwiderte Miriam nachdem sie kurz überlegte, »warum? «

»Welches Motiv und an welcher Stelle? « fragte Lisa.

Miriam wechselte ihren Blick von Thekla zu Lisa. »Ein Herz mit den Buchstaben M.K. hier an der Stelle«, dabei zeigte sie auf ihre linke Hüfte, »nein, -

Entschuldigung, es ist hier auf der rechten Seite«, nun zeigte sie auf die Stelle oberhalb ihres rechten Hüftknochens.

»Wieso M.K.? « fragte Thekla wieder.

»Mein Vater ließ es sich stechen, als er meine Mutter vor dreißig Jahren kennenlernte. Meine Mutter hieß mit Vornamen Marlies und mit Mädchennamen Klar. Meine Mutter erzählte öfters, dass mein Vater damals beim Tätowierer nicht gerade den „starken Mann" abgab und er mehrmals aufgeschrien hätte«, Miriam lächelte etwas irritiert. »Warum fragen Sie? «

Thekla wurde ernst als sie sagte: »Bei dem aufgefundenen Toten ist genauso ein Tattoo entdeckt worden«.

Miriam wurde plötzlich ganz still und schaute mit gesenktem Blick und zusammengepressten Lippen auf die Treppenstufen vor ihr.

Thekla drehte sich um und schaute in die Gesichter der Kollegen. Alle nickten ihr zu, denn man hatte erkannt, dass sie nun auf der richtigen Spur waren. Jetzt war die Identität des Toten ermittelt worden, auch wenn noch zur gerichtsverwertbaren Sicherheit noch die Analyse der Haare mit der DNA des Toten abgestimmt werden musste.

»Frau Schimmelpfennig«, sprach Thekla die junge Frau an, die immer noch schweigend zu Boden schaute, »dürfen wir noch einmal reinkommen? «

Schweigend öffnete Miriam nun die Haustüre bis zum Anschlag, trat zur Seite und ließ die vier Kriminalbeamten ins Haus. Anschließend ging sie ins Esszimmer und bot den Beamten an, am Esstisch Platz zu nehmen.

Wieder klingelte Theklas Handy. Es war wieder Sybille Salz. Thekla nahm das Gespräch an, drehte sich diesmal aber zur Seite und schaltete den Lautsprecher aus.

»Ja Sybille, was gibt's? « fragte sie leise.

Sybille merkte sofort, dass sie störte und wählte eine Kurzversion der Mitteilung: »Die Kollegen der Eitorfer Polizeiwache wurden zu einem in einem Waldweg abgestellten Wagen gerufen. Einem Spaziergänger war der Wagen aufgefallen, weil er ohne Kennzeichen im Wald stand, - etwa einhundert Meter entfernt vom Bahnhof Eitorf-Merten. Bei der Nahbereichssuche fanden die uniformierten Kollegen die abgeschraubten Kennzeichen in einem Müllcontainer, der am Bahnhof abgestellt war. Zugelassen sind die Kennzeichen auf Jens Schimmelpfennig«.

»Danke Sybille. Wir sind gerade im Haus von Herrn Schimmelpfennig bei einer Befragung. Lass den Wagen bitte ins Präsidium schleppen und von den Jungs der KTU untersuchen«.

»Ist bereits geschehen«, antwortete die langjährige und pflichtbewusste Kollegin, die genügend Erfahrung „an vorderster Front" gesammelt hatte, um genau zu wissen, was zu tun war.

Thekla lächelte, war sie sich doch absolut dessen bewusst, was für eine wertvolle Kollegin sie an Sybille hatte. »Sehr gut, - danke«, sagte sie belobigend und beendete das Gespräch.

»Der Wagen Ihres Vaters wurde gefunden« sagte Thekla zu Miriam, die gerade aus der Küche kam, wo sie frischen Kaffee aufgeschüttet hatte, den die Kommissare gerne entgegennahmen.

Miriam schaute Thekla mit großen Augen an und meinte nur kopfnickend: »Gut«. Dann goss sie auch sich Kaffee in ihre Tasse.

»Frau Schimmelpfennig…«, begann Thekla.

»Ach bitte«, wurde Thekla unterbrochen, »nennen Sie mich Miriam«.

»Also gut, Miriam, Sie hatten uns erzählt, Sie seien mit Ihrem Freund bei einem Konzert in Schladern gewesen. Haben Sie die Eintrittskarten noch? «

Miriam runzelte die Stirn und fragte »Die Karten? Wieso die Karten? «

»Das ist eine ganz normale Frage, - haben Sie die Eintrittskarten noch? «

Miriam schüttelte den Kopf und meinte »Nein, - die hat mein Freund Giuseppe bestimmt. Er hat ja auch an der Abendkasse bezahlt«.

Es klingelte an der Haustüre und Miriam schaute durch das Fenster in den Vorgarten. Auch Thekla schaute hinaus und meinte dann: »Das sind unsere Kollegen der Spurensicherung, die wir wegen der Einbruchsspuren an der Kellertüre gerufen haben. Lassen Sie die Kollegen bitte rein? «

Miriam verließ das Esszimmer, worauf Thekla den noch am Tisch sitzenden Kollegen zuflüsterte: »Die werden jetzt hier genügend zu tun haben. Möglicherweise ist hier bereits ein erster Tatort, der im weiteren Verlauf zu einem anderen Tatort nämlich der finalen Tötung verlegt wurde«.

Nun kräuselten Robert, Peter und Lisa fragend ihre Stirn und wollten gerade Thekla um Aufklärung bitten, als die Kollegen der Spusi schon den Raum betraten. Thekla stand von ihrem Stuhl auf und begleitete die Männer in den Kellerbereich. Dort brachte sie die Männer kurz auf den Stand der neu gewonnenen Ermittlungsansätze und bat darum, sorgfältig Spuren und Fingerabdrücke zu sichern.

»Wo wohnt eigentlich Ihr Freund Giuseppe Balto? « fragte Thekla, als sie ins Esszimmer zurück kam. »Wohnt er auch hier in Gerressen? «

»Sie haben aber ein gutes Namensgedächtnis«, meinte Miriam, »ich habe den Namen doch nur einmal erwähnt, - vorhin als wir im Keller waren«

»Mein Kollege hatte den Namen notiert«, antwortete Thekla, die auf den aufgeschlagenen Notizblock zeigte, den Robert seiner Liebsten zugeschoben hatte.

»Giuseppe wohnt in Eitorf im Neubaugebiet „Josefshöhe". Das ist oben auf der Bergkuppe, wenn man von Harmonie den Berg hochfährt, bevor man wieder bergabwärts Richtung Eitorf-Zentrum zusteuert«.

»Sind sie schon lange zusammen? « wollte Robert wissen.

»Seit drei Jahren. Ich tanzte damals noch bei der Karnevalstanztruppe „Turmgarde" und Giuseppe war im Fußballverein „Lokomotive Hildebrandt". Beide Vereine hatten als Stammlokal das Restaurant Hildebrandt in Harmonie. Wir haben uns dort gesehen und es hat sofort bei uns beiden gefunkt. Seitdem sind wir zusammen«.

»Was macht Ihr Freund beruflich? « fragte Lisa, die sich auch in die Befragung einbringen wollte.

Miriam wandte Lisa den Kopf zu und meinte: »Ist das interessant? Was hat das mit dem Tod meines Vaters zu tun? «

»Wir sind ganz am Anfang unserer Ermittlungen und da ist jede noch so kleine Information wichtig, damit wir uns ein Gesamtbild des Falles machen können. Also, was macht Ihr Freund beruflich? « meinte Thekla in ernstem Ton.

»Er ist im Moment arbeitslos, sucht aber händeringend nach einer neuen Stelle«, meinte Miriam etwas zerknirscht.

»Okay«, erwiderte Thekla und erhob sich von ihrem Stuhl, »das war es fürs erste. Wenn wir weitere Ergebnisse oder Fragen haben, melden wir uns bei Ihnen. Vielen Dank für die Auskünfte und den guten Kaffee«.

Lisa, Peter und Robert schauten Thekla verdutzt an, standen aber ebenfalls auf und folgten Thekla zur Haustüre.

»Ach ja«, meinte Thekla noch in der Haustüre stehend, »die Kollegen der Spurensicherung werden noch einige Zeit brauchen. Gewähren Sie den Leuten bitte Zutritt zu den entsprechenden Räumen, wenn es gewünscht wird«.

Miriam nickte und schloss die Haustüre, als die Kriminalbeamten auf ihre Fahrzeuge zugingen.

»Wieso hast Du denn die Befragung so schnell abgebrochen? « wollte Robert wissen, »Ich hatte noch nicht mal meinen Kaffee ausgetrunken«.

»Weil wir uns in einer Mordermittlung befinden«, antwortete Thekla mit ernster Miene, bevor sie sich Peter und Lisa zuwendete. »Ihr zwei befragt bitte hier die Nachbarschaft und auch die anderen Bewohner in dem kleinen Ort, vor allem welchen Ruf Herr Schimmelpfennig hatte und wie er sich in das Dorfleben integriert hatte. Ich will alles wissen, auch ob er hier Neider oder Feinde hatte. Robert und ich fahren zu diesem Giuseppe Balto und fragen nach, was er uns zu der fraglichen Nacht zu sagen hat«.

Miriam sah hinter der vorgezogenen Gardine, wie sich die vier Kripobeamten in die Wagen setzten und losfuhren. Kopfschüttelnd setzte sie sich wieder an den Esstisch und goss sich erneut Kaffee in ihre Tasse.

*

Da Gerressen nur dreihundertvier Einwohner hatte und sich viele von ihnen derzeit auf ihren Arbeitsstellen im Umland befanden, verstreut in Bonn und Köln, brauchten Lisa und Peter ungefähr dreieinhalb Stunden für die Befragungen der restlichen Einwohner, die sich zu Hause befanden und die ihnen die Türe öffneten. Dabei kam heraus, dass Herr Schimmelpfennig ein angesehenes Mitglied der Dorfgemeinschaft war. Allerdings hatte er sich vor einigen Jahren von seinen Nachbarn und Freunden nach dem Tode seiner Frau zurückgezogen. Sie war in die Jauchegrube gestürzt, die sich hinter dem Einfamilienhaus befand. Die Holzbalken hatten angeblich nachgegeben und Frau Schimmelpfennig stürzte in die zwei Meter tiefe Grube. Sie ertrank in der Jauche. Einige Leute fragten sich hinter vorgehaltener Hand, ob das wirklich alles genau so passiert war. Angeblich hatte das Ehepaar bereits seit längerem Streit und man munkelte, sie wollten sich scheiden lassen. Auf die Nachfrage hin, ob die Sache nicht polizeilich aufgearbeitet worden sei, bekam man zur Antwort, dass man das nicht wisse. Ein Bewohner des Dorfes machte noch eine interessante Aussage:

»Ich habe den Wagen von Jens gestern am frühen Morgen gesehen. Der ist recht schnell hier die Straße runtergefahren. Am Steuer saß glaube ich, er selbst und auf dem Beifahrersitz war noch eine kleinere Person. Leider habe ich die Beiden aber nur von hinten durch das Rückfenster gesehen. Es begann etwas zu dämmern und ich war gerade auf dem Rückweg der ersten „Hunde Gassi Runde". Wissen Sie? – Ich habe einen Schäferhund aber keinen Garten. Deshalb muss ich immer …«.

»Ist schon in Ordnung«, hatte Peter den Mann unterbrochen, der ein großes Mitteilungsbedürfnis zu haben schien.

Ein anderes Pärchen anscheinend schon im Rentenalter erzählte, dass Jens kurz nach dem Tod seiner Frau eine Liebschaft mit einer Frau aus „Herchen-Bahnhof", einem anderen Ortsteil von Windeck, hatte.

»Das ist aber vor einem halben Jahr auseinander gegangen. Sie hat wohl einen „Neuen" aus Alzenbach. Das ist so ein großer Endvierziger mit einer kräftigen Statur wie ein Bauarbeiter. Ich habe die Beiden mal zusammen am Haus vom Jens gesehen«, erzählte der Mann, der von seiner Frau mit den Worten: »Das geht uns nix an, - sei jetzt still«, unterbrochen wurde.

Lisa und Peter wollten nachhaken und Weiteres darüber erfahren, doch das Rentnerehepaar schwieg.

*

Thekla und Robert waren unterdessen über den Gerressener Berg zurückgefahren. Sie nahmen die Strecke über Halft und Alzenbach in Richtung Eitorf über die Hochstraße, die über den Park führte in dem die „Villa Gauhe" liegt. Thekla gefiel der Baustil der Villa so gut. Das Navigationsgerät in Theklas Twingo schickte die Beiden an der nächsten Ampelkreuzung nach links, in Richtung Marktplatz.

»Müssen wir nach Harmonie nicht weiter geradeaus fahren? « fragte Robert verwirrt.

»Laut Navi anscheinend nicht«, meinte Thekla.

Am Ende des Marktplatzes gegenüber vom „Löhrs Eck", einer alteingesessenen Lokalität, die einst vom Vater des ehemaligen Nationalspielers „Hennes Löhr" geführt wurde, mussten sie nach rechts abbiegen in die Schöllerstraße, die in das Neubaugebiet „Josefshöhe" führte. An dieser Straße den Berg hoch, lagen ansehnliche Villen, die früher der Fima Schoeller, auch bekannt unter „Schoeller Wolle" gehörten.

Die Firma Schoeller verließ Eitorf im Jahre 2004 endgültig und bezog ein Domizil in Österreich. Die Firmenbesitzer entschieden sich aus Gründen strenger Umweltgesetze dazu, den Standort Eitorf aufzugeben, obwohl sich die Gemeinde um den Verbleib der Firma bemühte. Die Gemeinde Eitorf blieb seinerzeit auf knapp zwei Millionen Euro sitzen. Der Grund war die damals neu errichtete Kläranlage der Stadt Eitorf. Dieses Bauprojekt wurde eigens für die Firma Schoeller geplant, um der Firma einen Anreiz zum Standorterhalt zu gewährleisten sowie den Erhalt der Arbeitsplätze zu sichern.

Auf der Bergkuppe angekommen fuhren die Beiden in der Nähe des ehemaligen Bauernhofes, bekannt unter dem Namen „Blumenhof", in dem bis vor einigen Jahren ein „Trödel-Café war, links ab ins Neubaugebiet. An der von Miriam Schimmelpfennig genannten Adresse angekommen, klingelten Thekla und Robert. Es öffnete eine etwa fünfzigjährige, südländisch wirkende Frau mit halblangen schwarzen Haaren.

»Guten Tag«, begrüßte Thekla die Frau, »entschuldigen Sie, - wohnt hier ein Giuseppe Balto? «

»Si«, antwortete die Frau, »das ist mein Sohn«.

Die Frau vermittelte einen strengen und resoluten Eindruck und ließ keinen Zweifel daran, dass sie das Temperament einer italienischen Mama hatte.

»Könnten wir ihn bitte sprechen? « Thekla hielt ihren Dienstausweis hoch, »wir sind von der Kriminalpolizei Siegburg«.

»Oh mein Gott«, die Frau riss ihre Arme hoch und fuchtelte über ihrem Kopf mit imaginären Geistern, »was hat der Bursche denn jetzt wieder angestellt«, schrie sie.

Robert beruhigte die Frau. »Nein, Frau Balto, er hat nichts angestellt. Wir möchten ihn lediglich in einem Fall, den wir bearbeiten, als Zeugen befragen«.

Die Frau nahm ihre Arme wieder runter und schien sich augenblicklich zu beruhigen. »Na, da hat er aber

richtig Glück gehabt, ansonsten hätte er mächtig …«,
Frau Balto streckte ihren rechten Arm zur Seite und
wackelte mit der flachen Hand hin und her.

»Wie alt ist Ihr Sohn denn«, fragte Robert ungläubig
der Bewegung, die von Frau Balto ausgeführt wurde.

»Fünfundzwanzig Jahre, - aber das macht nix, so
lange der seine Füße unter unseren Tisch streckt«

Robert und Thekla schauten sich an und mussten
Beide grinsen. Dieser Spruch schien international zu sein.

»Könnten wir denn bitte Ihren Sohn sprechen«, fragte
Thekla erneut.

Frau Balto schüttelte den Kopf, wobei ihre
ungewaschenen Haare hin und her wirbelten. »Er ist nicht
da. Sie müssen wissen, er ist arbeitslos und sucht
dringend Arbeit, deshalb bietet er sich ab und zu für
ehrenamtliche Arbeiten an. Er möchte so Kontakte zu
möglichen Arbeitgebern suchen. Zurzeit ist er mit dem

Heimatverein Eitorf oben in der Nähe der „vier Winden".
In dem Verein restaurieren sie gerade das Denkmal an der
Landes-, Gemeinde- und Stadtgrenze. Ich glaube das
heißt „Drei-Herren-Stein". Dieser Stein ersetzte um das
Jahr 1800 die bis zu dieser Zeit stehenden drei
Grenzsteine. Der Heimatverein Eitorf und die
Bürgergemeinschaft Uckerath restaurierten den Platz um
diesen Stein und weihten das Denkmal 1989 feierlich ein.
Regelmäßige Pflegearbeiten sind notwendig, daher hilft
Giuseppe heute dort. Ich kann ihn gerne anrufen, damit er
herkommt. Möchten Sie das? «

»Gerne«, bestätigte Thekla, die nur wegen der
Befragung des Mannes nicht noch einmal von Siegburg
hierhin kommen wollte. Robert schaute der Frau nach, die
ins Haus ging, um ihren Sohn anzurufen und meinte,
»Was die Leute hier so alles erzählen. Das hat doch alles
nichts mit dem Mord zu tun, der dort unten in Harmonie
passiert ist«.

Thekla antwortete: »Die Bevölkerung auf dem Land ist eben stolz darauf, jemandem Fremden aus ihrer Heimat berichten zu können. Da spricht Verbundenheit zur Heimat heraus«.

Nach drei Minuten kam Frau Balto wieder zur Haustüre, machte aber keine Anstalten die Kommissare ins Haus zu bitten. »Er ist schon auf dem Weg hierhin«, sagte sie, »in etwa zehn Minuten ist er hier«.

»Gut, - dann warten wir«, meinte Robert und er hätte besser nicht gefragt, ob der Ortsteil Harmonie so heißt, weil hier alle Menschen in Harmonie miteinander leben würden? «

Frau Balto erzählte nämlich ausgiebig, dass der Name im Jahre 1801 erstmals urkundlich erwähnt wurde, da dort Kupfer abgebaut wurde und die Abbaustätte den Namen „Grube Harmonie" erhalten hatte. Der Abbaustollen führte unter der Sieg hinweg bis auf die andere Seite zum Ort Bourauel. Dort war ein Grubenausgang, der im Jahre

1967 mit einer Garage „überbaut" wurde. Das war etwa sechzig Jahre nachdem die Grube stillgelegt wurde.

»Das ist geschichtlich sicherlich alles sehr interessant«, meinte Thekla, wobei sie auf ihre Armbanduhr schaute, »aber wann kommt denn Ihr Sohn endlich, - die zehn Minuten müssten bald vorbei sein«.

In diesem Moment kam ein Audi um die Straßenecke gefahren. Laute Musik eines im Kofferraum befindlichen mächtigen Lautsprechers mit zusätzlichem Subwoofer.

»Das ist mein Sohn«, meinte Frau Balto, »immer schon von Weitem zu hören«.

Der junge Mann stieg aus, konnte aber die Fragen von Thekla und Robert nur unzureichend beantworten. Die Eintrittskarten für das Konzert in Schladern hätte er nicht mehr und konkrete Zeugen dafür, dass er da gewesen sei, hätte er auch nicht.

»Dort waren fast dreihundert Leute«, meinte er, »da wird sich bestimmt jemand an mich erinnern können. Fragen Sie doch einfach die Leute«, meinte er in einer recht naiven Weise.

»Sie sind arbeitslos? « begann Robert nachzufragen, »wie können Sie sich denn so ein Auto leisten? Der ist doch bestimmt im Unterhalt recht teuer? «

»Ja das stimmt« grinste Giuseppe, »der braucht locker zehn Liter, - na ja bei den vielen PS die der hat«, erzählte er voller Stolz und schaute dabei auf sein Auto.

»Und woher kommt das Geld? « fragte Robert nach.

»Ich bin ständig auf der Suche nach einer neuen Arbeit. Bis dahin helfe ich mal hier und mal da aus. Deshalb war ich ja auch heute ehrenamtlich mit dem Heimatverein Eitorf unterwegs. Ich hoffe die können mir weiterhelfen, wenn hier mal die große Baustelle entsteht«.

»Welche große Baustelle? « fragte die Mutter sehr erstaunt, »hier ist doch alles vollgebaut und kein Platz mehr für neue Häuser«.

»Ach Mamelino«, meinte Guiseppe und nahm seine Mutter seitlich in den Arm, » ich habe Dir doch erzählt, dass nach dem zweiten Weltkrieg eine Seilbahn über die Sieg gebaut werden sollte, weil die Brücken zerstört worden waren und man die Menschen schnell von hier auf die andere Seite der Sieg bringen wollte, um so einen beidseitigen Wiederaufbau der zerstörten Ortschaften zu realisieren«.

Frau Balto schaute ihren Sohn nickend und mit offenstehendem Mund an.

»Siehst Du Mama und genau darum geht es. Ich habe gehört, dass im Gemeinderat eine Beschlussvorlage zur Diskussion ansteht. Es geht darum den Plan eines Seilbahnprojektes zu realisieren, ähnlich wie in Koblenz am „Deutschen Eck“. Das ist die Idee dahinter. Genau von hier aus soll die Seilbahn dort rüberführen«, er zeigte mit dem ausgestreckten Arm über die Sieg auf den anderen Berg, »bis zur „Storker Hütte", der Grillhütte am Wanderparkplatz. Man erhofft sich dadurch einen weiteren Anziehungspunkt für den Tourismus und somit eine weitere Einnahmequelle für die Gastronomie und das Hotelgewerbe«.

»Bis zur „Storker Hütte? « fragte die Mutter ungläubig, »da wo sich die Pärchen immer treffen und so schweinisches Zeug miteinander treiben? «

Giuseppe lachte, »aber Mama, - die machen nichts Schweinisches, - die lieben sich halt dort auf den Parkplätzen. Im Wald und auf den Wegen ist doch eine schöne Stelle sich unbeobachtet zu treffen. Wenn das Bauprojekt starten sollte, soll es doch ganz egal sein, was die da anstellen, denn dann ist die Sache sowieso vorbei. Hauptsache sie denken bei der Rekrutierung der Arbeitskräfte auch an mich. Da ich jemanden aus dem Gemeinderat kenne, der weiß wie gut ich arbeite, rechne ich mir gute Chancen aus«.

Robert wurde das Gerede langsam zu bunt und er meinte: »Ihre Heimatverbundenheit in allen Ehren aber nun zurück zur Sache. Können Sie uns etwas zu den Todesumständen des Herrn Schimmelpfennig sagen? «

Giuseppe wurde kreidebleich. »Der Alte ist tot? « fragte er.

Sofort bekam er von seiner Mutter mit der flachen Hand einen Klapps auf den Hinterkopf.

»Wie sprichst Du von einem Toten, - Mutter Maria«, dabei bekreuzigte sich Frau Balto.

Thekla erklärte die Situation, wie der Tote aufgefunden wurde, wunderte sich allerdings, wieso Giuseppe noch nicht von seiner Freundin informiert worden war. Schließlich musste er ihn schon längere Zeit gut kennen, da im Hausflur des Toten eine Aufnahme hing, auf der auch Giuseppe zu sehen war. Der junge Mann, der nun neben seiner Mutter auf der oberen Stufe stand, die zum Hauseingang führte, drehte sich zur Seite und übergab sich im Vorgarten.

*

Auch an diesem späten Nachmittag bestand Thekla auf die obligatorische Fallbesprechung im Polizeipräsidium in Siegburg. Der Austausch an Informationen und Eindrücken im Beisein des gesamten Teams war ihr sehr wichtig, da so manch ein Gedanke der Teilnehmer schon öfter in die richtige Ermittlungsrichtung geführt hatte. Sybille Salz, die wie immer ihren Schreibblock und Kugelschreiber zur Besprechung mitbrachte erzählte, dass Miriam Schimmelpfennig angerufen hatte, um zu fragen wann der Leichnam ihres Vaters freigegeben werden würde. Sie wolle ihn durch das Bestattungshaus Welteroth, das in der Eitorfer Gartenstraße ihre Geschäftsräume hat, beisetzen lassen. Frau Welteroth würde die Einäscherung und die Beisetzung veranlassen, beziehungsweise durchführen. Herr Schimmelpfennig hätte im Familienkreis öfters erwähnt, er wolle, da er in Eitorf geboren wurde, dort im Begräbniswald, der direkt an den Friedhof angrenzt, beerdigt werden.

»Dagegen ist nichts einzuwenden«, meinte Thekla, »hat die Gerichtsmedizin denn die Freigabe bereits erteilt? «

»Die haben vor knapp einer Stunde angerufen, - ich wollte aber zuerst mit Dir reden, bevor ich Frau Schimmelpfennig zurückrufe«.

»Dann kannst Du das gerne gleich erledigen«, entgegnete Thekla.

Die Türe zum Besprechungsraum wurde ruckartig vom Flur aus geöffnet und Alfred Bollenkamp streckte seinen Kopf ins Besprechungszimmer.

»Die Eitorfer Kollegen der Schutzpolizei haben gerade angerufen. Sie sind zu einem Einsatz nach Gerressen, wegen häuslicher Gewalt, gerufen worden.

Nachbarn der Familie Schimmelpfennig hatten ohrenbetäubenden Lärm und laute Schreie aus dem Haus gehört und die Kollegen informiert. Diese haben Frau Miriam Schimmelpfennig mit blutender Kopfwunde und Prellungen am ganzen Körper, im Bett liegend vorgefunden. Nähere Angaben wollte sie nicht machen. Da die Kollegen aber von dem Toten in Harmonie wussten, mutmaßten sie einen möglichen Zusammenhang und haben uns informiert«.

Thekla sprang von ihrem Stuhl auf.

»Und? « fragte sie, »sind irgendwelche Täter oder Spuren ermittelt worden? Wie geht es Frau Schimmelpfennig? «

Fred schüttelte den Kopf. »Frau Schimmelpfennig ist ins Eitorfer Krankenhaus gebracht worden, wo sie die kommende Nacht zur Beobachtung bleiben soll. Morgen früh soll sie wieder nach Hause können«.

»Danke für die Info«, rief Thekla ihrem Vorgesetzten noch nach, der die Türe wieder geschlossen hatte, um wieder an seine Arbeit zu gehen.

»Wer das wohl war? « fragte Robert, »der Mörder ihres Vaters? Ihr eigener Freund, der sich irgendwie nicht angemessen verhalten hatte, als wir ihm vom Tod des Herrn Schimmelpfennig erzählten? Oder jemand, den wir noch gar nicht „auf dem Schirm" haben? «

»Das werden wir morgen früh schon herausfinden. Wir zwei fahren bereits recht früh wieder nach Eitorf. Vielleicht erwischen wir die Frau noch im Krankenhaus. Ansonsten fahren wir nach Gerressen. Ihr Beide«, dabei schaute Thekla zu Peter und Lisa, »fahrt bitte nach Herchen-Bahnhof und ermittelt über die ehemalige Partnerin des Toten. Ich will wissen, warum die Zwei sich getrennt haben und ob es eine einvernehmliche Trennung war. Anschließend fahrt Ihr nach Alzenbach und vernehmt den neuen Freund der Frau, den angeblichen Bauarbeiter. Lebensumstände, Arbeitgeber, finanzieller Hintergrund, -

ich will alles wissen. Weiterhin will ich von den Nachbarn wissen, ob er Aggressionspotential besitzt und eventuell auch schon als gewalttätig aufgefallen war. Sybille, Du recherchierst bitte in den polizeilichen Datenbanken über den Mann aber auch über die Frau. Weiterhin will ich wissen, ob jemand aus der Familie Balto schon einmal polizeilich aufgefallen ist. Insbesondere der Giuseppe Balto«.

Die Angesprochenen bestätigten die Anweisungen mit Kopfnicken.

»Gut, - dann machen wir jetzt Feierabend. Wir treffen uns morgen um acht Uhr hier. Schönen Abend noch«.

Die um den ovalen Besprechungstisch sitzenden Mitglieder der Dienstgruppe, klopften kurz mit den Knöcheln ihrer Faust auf die Tischplatte und standen auf.

»Bis Morgen«, klang es wie aus einem Mund.

*

Lisa Drollig schlug ihre Bettdecke zur Seite. Sie hatte den neben ihrem Bett stehenden Radiowecker auf sechs Uhr dreißig gestellt, jedoch wurde sie bereits gegen sechs Uhr vom lauten Schnurren ihres neuen Mitbewohners geweckt. Als sie die Augen öffnete, lag neben ihrem Kopfkissen der vierfarbige norwegische Waldkater „José", den sie von ihrer Freundin „adoptiert" hatte, da deren neuer Freund eine Katzenallergie hatte. José schaute Lisa mit großen Kulleraugen an, als wolle er sagen, dass er Hunger habe. Lisa stand auf, schlurfte in die Küche und gab ihm etwas Katzenfutter in sein Futterschälchen. Als Lisa ins Bad ging, kam ihr die Erinnerung an einen lustvollen Traum ins Gedächtnis. So richtig konnte sie sich nicht erinnern, doch ein wohliges Gefühl an einen erotischen Traum zauberte ihr ein Lächeln ins Gesicht. Unter der Dusche stehend, seifte sie sich mit dem wohlriechenden Duschgel ein, das sie von

Sylvia, einer Freundin die vor einigen Jahren ihre Leidenschaft für das eigene Geschlecht entdeckt hatte. Als sie ihre Brüste einschäumte und die Brustwarzen berührte, traf es sie wie elektrisiert. Der Traum schien immer noch Wirkung zu erzielen, denn ihre Brustwarzen reagierten augenblicklich und erhärteten sich etwas, was sie noch empfindlicher zu werden schien. Lisa genoss es sehr und als sie mit dem Wasserstrahl, der aus dem Duschkopf sprudelte, ihren Körper vom Schaum befreite, bereitete ihr der Strahl an ihren erogenen Zonen einen wohligen Schauer.

Die Türe zum Badezimmer, die Lisa nur angelehnt und nicht ins Schloss gedrückt hatte, öffnete sich und Lisa erschrak. Augenblicklich war sie wieder in der Realität, musste jedoch lachen, als sie José hereinschleichen und sich vor die Duschkabine setzen sah. Er schaute mit zufriedenem Blick zu Lisa hinauf, die nun aus der Dusche stieg, sich abtrocknete und mit Körperlotion eincremte.

*

Auch Thekla war an diesem Morgen bereits um sechs Uhr aufgestanden, hatte aber Robert, der seine Bettdecke zwischen seinen Beinen eingerollt und eingeklemmt hatte und tief und fest schlief, schlafen lassen. Thekla hatte es sich seit Jahren zur Gewohnheit gemacht, mehrmals in der Woche meistens vor Dienstbeginn einige Kilometer zu laufen. Manchmal lief sie den am Fuße des Michaelsberg herführenden Rundweg mehrmals, manchmal aber auch den Weg durch den Wald in der Nähe ihrer Wohnung, bis kurz vor Lohmar und wieder zurück. Beides entsprach einer Strecke von sechs bis sieben Kilometern. Heute allerdings hatte sie einen kürzeren Abschnitt gewählt, da sie bis zum angesetzten Treffen im Polizeipräsidium noch duschen und gemütlich mit ihrem Schatz frühstücken wollte. Als sie nach Hause kam, hatte Robert zur Überraschung Theklas, bereits Kaffee gekocht und den Frühstückstisch gedeckt.

»Guten Morgen mein Schatz«, begrüßte er Thekla, als diese frisch geduscht aus der oberen Etage ins Esszimmer kam. Gerade sprang der frische Toast aus dem

Toaster. »Da habe ich richtig gut getimt«, bemerkte er, als sich Thekla setzte. Robert schenkte den frisch gebrühten Kaffee ein und beide ließen es sich schmecken.

*

Im Besprechungsraum warteten bereits Peter Ludwig und Lisa Drollig, als Thekla, Robert und Sybille hereinkamen. Sybille wollte Thekla bereits auf dem Flur mit den Neuigkeiten der KTU unterrichten. Diese hatte mitgeteilt, dass in dem am Mertener Bahnhof sichergestellten Wagen des Herrn Schimmelpfennig, zahlreiche Spuren entnommen und verschiedene Faserspuren auf den Sitzen und dem Kofferraum sichergestellt wurden. »Es hatte den Anschein, dass der Tote als er noch lebte, im Kofferraum transportiert wurde«, meinte Sybille, »man hatte Faserspuren des Pullovers gefunden, den der Tote bei seinem Auffinden getragen hatte. Weiterhin waren Spuren vom Blut des Opfers an den Innenseiten des Kofferraumdeckels sichergestellt worden«, berichtete Sybille.

»Guten Morgen zusammen«, begrüßte Thekla die beiden Wartenden im Besprechungsraum. Nachdem die Informationen, die Thekla soeben von Sybille gehört hatte, nun auch an Lisa und Peter weitergegeben wurden, drängte Thekla darauf, die am Vorabend besprochenen Ermittlertätigkeiten zu beginnen.

Sowohl Thekla und Robert mit ihrem Twingo, als auch Lisa und Peter, die sich den hellgrauen VW Passat Dienstwagen genommen hatten, fuhren zeitgleich aus der Tiefgarage des Polizeipräsidiums an der Frankfurter Straße in Siegburg, heraus. Sie fuhren die Bonner Straße hintereinander in Richtung Sankt Augustin, um die sofort hinter Siegburg herführende Autobahn 560 in Richtung Hennef zu befahren. Das war jedenfalls der Plan, bis Robert an der Aral-Tankstelle, die an der Bonner Straße lag, zu Thekla meinte: »Halt doch bitte nochmal kurz hier an. Ich hole uns schnell noch drei frische Croissants. Die backen die hier morgens frisch auf«.

»Aber, - wir kommen doch gerade erst vom Frühstück«, meinte Thekla, die der Meinung war, Robert solle ein bisschen mehr auf seine Figur achten, da die anfängliche Begeisterung der täglichen Begleitung bei Theklas Fitnessrunden stark nachgelassen hatte.

Robert schaute Thekla mit seinem treuen „Hab-mich-doch-lieb" Blick an, von dem er wusste, dass Thekla ihm nicht widerstehen konnte.

Gut gelaunt und übers ganze Gesicht strahlend, setzte er sich wieder, eine bereits geöffnete Papiertüte mit wohlriechendem Inhalt in der Hand, auf den Beifahrersitz und hielt Thekla die Tüte entgegen. »Wir haben Glück«, meinte er, »die sind gerade wieder frisch zubereitet worden und sogar noch warm. Hier, - greif zu!«

Thekla schüttelte nur den Kopf, startete den Wagen und fuhr den Kollegen, die in dem Passat nun allerdings uneinholbar davongefahren waren hinterher. An der letzten Ampel vor der Autobahnauffahrt schaute Thekla den schmatzenden Robert an und meinte, auf den Boden vor dem Beifahrersitz schauend: »Du weißt ja sicherlich, was Dich heute Abend erwartet? « Robert allerdings tat so, als sei er im Croissants Himmel und ließ sich nicht stören.

Dort, wo die A560 endete und in die B8 überging, wollte Thekla links abbiegen, um über die L333 durchs Siegtal nach Eitorf zu fahren. Die Straße war durch ein rot-weiß gestreiftes Schild einseitig gesperrt, welches mit einem zusätzlichen Umleitungsschild versehen war. Im Siegtal waren in der vergangenen Nacht große Teile eines Abhangs ins Rutschen gekommen und versperrten die Strecke. Thekla folgte der Richtung, in die das Schild zeigte. Sie mussten nun über Uckerath und dann an den „vier Winden", das Eipbachtal hinunter fahren, um nach Eitorf zu gelangen.

»Gib doch bitte mal „Krankenhaus Eitorf" ins Navi ein«, meinte Thekla zu Robert, als sie durch Mühleip fuhren. Auf der Asbacher Straße führte sie die blecherne Stimme rechts ab in die Bergstraße vorbei am

„Siegtalhaus" und dann in die Hospitalstraße. Thekla stellte den Wagen auf dem gegenüber dem Krankenhaus befindlichen Parkplatz ab. Als sie an der Pforte des Krankenhauses, den freundlich wirkenden Mitarbeiter nach der Zimmernummer von Frau Miriam Schimmelpfennig fragten, waren sie sehr erstaunt, als dieser meinte: »Die Patientin hat eben den Entlassbrief bekommen und sich bei mir nach Entrichtung des täglichen Eigenanteils verabschiedet. Ich hatte ihr ein Taxi gerufen mit dem sie bereits nach Hause gefahren ist«.

Robert schaute auf seine Armbanduhr. »Es sind doch erst fünf vor neun«, sagte er überrascht.

»Glauben Sie mir, - keiner will länger als notwendig im Krankenhaus verbringen. Das war schon immer so«, meinte der Pförtner.

*

Fünfzehn Minuten später schellte Thekla an der Haustüre des Hauses in Gerressen, in dem die Schimmelpfennigs wohnten. Miriam öffnete mit einem geschwollenen linken Auge, einem handflächengroßen Hämatom auf der linken Gesichtshälfte und einer Platzwunde auf der rechten Stirnseite, die Haustüre. Als sie die beiden Kripobeamten sah, wollte sie die Türe mit einem: »Oh nein, - nicht Sie schon wieder«, schließen, besann sich jedoch ihrer guten Erziehung und öffnete die Türe, um den Beiden den Zutritt ins Haus zu ermöglichen.

»Wie sehen Sie denn aus? « entwich es Thekla, als sie den Zustand Miriams sah. »Wir haben gestern Abend von den Eitorfer Kollegen erfahren, dass Sie infolge „häuslicher Gewalt" in ärztliche Notdienstbehandlung gebracht worden sind. Wer war das? « dabei zeigte Thekla mit dem Zeigefinger der rechten Hand auf Miriams Gesicht.

»Das weiß ich nicht. Die Gestalten waren mit schwarzen Overalls und schwarzer Sturmhaube bekleidet.

Die standen plötzlich oben in meinem Zimmer. Als ich mich ausgezogen hatte, um in den Pyjama zu schlüpfen. Es war eine kleinere Person und eine größere. Zuerst dachte ich, Giuseppe würde sich einen Spaß erlauben und wolle mich erschrecken, aber dann… «

»Giuseppe Balto? Ihr Freund? «, fragte Thekla

Miriam nickte, »Ja, - ich dachte zunächst er sei der Größere der Beiden, - er hat ja den Haustürschlüssel noch in seinem Besitz, - dann jedoch traf mich seine Faust mit voller Wucht am Kopf. Glauben Sie mir, - so etwas würde er mir niemals antun, auch nicht nachdem ich mich von ihm getrennt habe«.

»Wie jetzt? « fragte Robert, »Sie haben sich von dem Mann getrennt, mit dem Sie in der Mordnacht Ihres Vaters noch auf einem Rockkonzert waren und dem Sie somit ein Alibi gegeben haben? Wie war das denn jetzt genau? « wollte Robert wissen.

Miriam setzte sich auf einen Stuhl im Esszimmer und bat die Kommissare, sich ebenfalls zu setzten.

*

Lisa und Peter kamen in Herchen-Bahnhof an der Meldeadresse der ehemaligen Freundin des Toten an. „Böhmermann" stand auf dem Klingelschild des Zweifamilienhauses, an dem Lisa klingelte. Nach kurzer Zeit wurde der elektrische Türöffner betätigt und aus der ersten Etage hallte es durch den Flur: »Hallo, - wer ist denn da? «

Die Kripobeamten stiegen die Stufen hinauf, da sie nicht im Haus rufen wollten, dass sie von der Kripo wären. Frau Böhmermann stand in der halb geöffneten Türe, teils neugierig, teils ängstlich, da zwei Fremde Menschen im Flur waren. Um sich vorzustellen holte Lisa noch auf der Treppe ihren Dienstausweis aus der Innentasche ihrer Jacke.

»Kriminalpolizei Siegburg, mein Name ist Lisa Drollig und das«, Lisa zeigte auf Peter, »ist mein Kollege Peter Ludwig. Sind Sie Frau Böhmermann? «

»Ja, - was kann ich für Sie tun? «

In dem Moment tauchte ein großer, muskulöser Mann mit Jogginghose und Unterhemd bekleidet, hinter Frau Böhmermann auf.

»Frau Böhmermann«, begann Lisa die Befragung, »wir ermitteln in einem Mordfall. Können wir vielleicht kurz reinkommen. Es muss nicht unbedingt jeder mitbekommen«, dabei schaute Lisa die Treppe hinunter in Richtung Erdgeschoss.

»Da unten ist jetzt niemand«, meinte die Frau, »die sind arbeiten, aber trotzdem können Sie gerne reinkommen«. Sie öffnete die Türe der Wohnung nun ganz und drängte den Mann in der Jogginghose zurück.

»Ist es richtig, dass Sie die Freundin von Herrn Schimmelpfennig waren? « fragte Lisa, als die Wohnungstüre hinter ihnen geschlossen war.

Frau Böhmermann drehte sich kurz um und schaute den Mann hinter ihr an. Dann drehte sie sich wieder zu Lisa und meinte: »Ja, das ist richtig. Jens und ich waren drei Jahre zusammen, - bis ich Friedhelm kennenlernte«, sie griff hinter sich und streichelte dem Mann hinter ihr über den Bauch. »Warum fragen Sie? «

»Herr »Schimmelpfennig ist vorgestern ermordet worden. Wir haben erfahren, dass Sie vor kurzem mit einem Mann«, Lisa schaute den Mann an, der hinter Frau Böhmermann stand, »vor dem Haus von Herrn Schimmelpfennig standen und es eine ziemlich laute und wortreiche Diskussion gegeben haben soll. Worum ging es da? «

»Es ging darum, dass mir Jens während unserer Beziehung zwanzigtausend Euro zugesagt hatte. Die wollte ich mir abholen«.

»Zwanzigtausend Euro? « fragte Peter Ludwig, »wofür? «

»Ich glaube das geht Sie nichts an«, meinte der kräftige Mann hinter Frau Böhmermann und drängte sich nun zwischen seine Freundin und die Kripobeamten.

»Lass mal gut sein«, beschwichtigte die Frau und schob den Mann wieder zur Seite. »Ich habe jahrelang den Haushalt geführt, habe geputzt, gewaschen und war auch im Bett stets den verschiedensten Wünschen nachgekommen. Dafür hatte er mir einmal gesagt, würde ich an dem Gold mit zwanzigtausend Euro beteiligt«.

»Welches Gold? « fragte Lisa erstaunt.

»Er hatte nach dem Tod seiner Frau die Lebensversicherungssumme und das bis dahin ersparte Geld in Gold angelegt und in einem Safe in der Herchener Bank deponiert. Ich glaube, er sprach einmal von insgesamt zweihundertfünfzigtausend Euro«.

»Wo waren Sie vorgestern Nacht? « fragte Peter, als er das mit dem Gold erfuhr. Schließlich hatte Frau Böhmermann soeben ein mögliches Motiv für den Mord ins Spiel gebracht. Ein Motiv, wonach Theklas Team die ganze Zeit gesucht hatte. Wieder drängte sich der breitschultrige Mann in Jogginghose zwischen seine Freundin und Peter. Diesmal jedoch in Rage gebracht, wurde er ziemlich laut.

»Hören Sie mal, - was wir wann, wie und wo machen, geht Sie überhaupt nichts an. Verlassen Sie bitte sofort die Wohnung«, er öffnete die Wohnungstüre und zeigte mit der rechten Hand hinaus, »oder sind wir jetzt Verdächtige? «

»Wir werden uns wahrscheinlich noch wiedersehen, - dann jedoch möglicherweise nach einer Vorladung im Polizeipräsidium. Das wird von den weiteren Ermittlungen abhängig sein«, sagte Lisa nun ebenfalls mit einem lauteren Ton, um der Aussage Nachdruck zu verleihen. Danach verließen sie und Peter die Wohnung.

*

Miriam hatte Kaffee gekocht und verschiedenes Gebäck auf den Esstisch gestellt, an dem Thekla und Robert Platz genommen hatten.

»Nun erzählen Sie uns mal der Reihe nach, wie Sie an diese Verletzungen gekommen sind und wie die Personen überhaupt ins Haus gelangen konnten«, meinte Thekla.

»Na ja«, begann Miriam zögerlich, »wie schon gesagt, als ich mich gerade ausgezogen hatte, um ins Bett zu gehen, standen da auf einmal die beiden Männer und schlugen mir ohne Vorankündigung brutal ins Gesicht. Zusammengekrümmt lag ich auf dem Boden, als sich die kleinere der beiden Personen neben mich kniete, in meine Haare fasste und meinen Kopf hochriss. Noch bevor ich irgendetwas sagen konnte, schlug er meinen Kopf wieder mit Wucht auf den Boden. Daher vermutlich die Platzwunde unter meinem linken Auge«.

»Aber was wollten die denn von Ihnen«, unterbrach Robert.

Miriam wechselte ihren Blick von Thekla zu Robert.

Die wollten den Code von dem Schließfach meines Vaters von der Herchener Bank, in dem die Ersparnisse liegen.

»Schließfach? Ersparnisse? Lohnt sich dafür ein so brutaler Überfall? « fragte Robert.

Miriam nickte. »Mein Vater hat dort Gold deponiert im Wert von zweihundertfünfzigtausend Euro. Ihm war das Finanzsystem der Bundesregierung nicht sicher genug und er meinte immer, dass Gold eine sicherere Anlage darstellt. Die Summe stammt von Erspartem und einer Lebensversicherung«.

»Haben Sie den Tätern die Kombination für den Tresor genannt? « wollte Thekla wissen, die beruhigend ihre linke Hand auf den Arm der links neben ihr sitzenden Miriam gelegt hatte.

Miriam seufzte laut als sie leise sagte: »Ich kenne die Kombination doch gar nicht. Das habe ich auch meinem Bruder Nils gesagt, der etwa eine Stunde vor den Beiden hier war und die Wohnung ziemlich verwüstet hatte, als er wie wild nach der Tresorkombination gesucht hatte«.

»Wie jetzt? « fragte Thekla, »Ihr Bruder war auch hier? Ich denke der wohnt in Bonn? «

»Ja, er hat in Bonn in der Nähe der Uni, ein möbliertes Zimmer aber gestern Abend kam er unangemeldet hier an. Ich hatte ihn einige Stunden vorher von Papas Tod informiert. Als er kam, meinte er recht verzweifelt, er brauche dringend zehntausend Euro. Ich solle ihm die Kombination des Tresors nennen, damit er seine Verbindlichkeiten bezahlen könnte«.

»Verbindlichkeiten? « stutzte Robert.

»Ja, - er sagte, er wäre beim Pokern übers Ohr gehauen worden und hätte über einen Zeitraum von einigen Tagen immer wieder verloren. Nun seien die Schulden auf einen fünfstelligen Betrag gewachsen. Er schien ziemlich verzweifelt, weshalb er dann auch die Schubladen und den Wäscheschrank im Schlafzimmer, sowie den kompletten Wohnzimmerschrank nach diesem Code durchwühlte. Als ich ihm sagte, dass wir ja sowieso alles erben würde, meinte er nur dass er das Geld sehr schnell brauche. Dann verschwand er mit lautem Knallen der Haustüre. Einige Zeit später kamen die zwei Gestalten die mich so zugerichtet hatten, wahrscheinlich durch die noch defekte Kellertüre«.

»Können wir Ihren Bruder telefonisch erreichen? Er wird uns einiges zu erklären haben. Kann es sein, dass er als Tippgeber für den Überall in Frage kommt? « fragte Robert.

Miriam diktierte die Handynummer ihres Bruders und Thekla tippte die Nummer in ihr Handy. Nach dem

Telefonat meinte sie: »Ihr Bruder wird heute Nachmittag zur Befragung im Präsidium in Siegburg erscheinen. Ich bin sehr gespannt, ob er neue Hinweise geben kann, die uns auf die Spur der Mordumstände Ihres Vaters aber auch zu dem brutalen Überfall auf Sie«.

»Sie sagten eben, Sie hätten sich von Ihrem Freund getrennt? Wann war das denn? Sie sagten doch, Sie wären zusammen bei dem Konzert gewesen?« griff Robert die kurze Bemerkung auf, die Miriam zu Beginn wie beiläufig machte.

Miriam errötete etwas uns sie senkte den Kopf. »Es ist mir jetzt etwas peinlich darüber zu sprechen, aber Giuseppe begleitete mich, als ich während des Konzertes plötzlich mal Pipi musste ins Gebüsch nahe des Konzertgeländes. Als ich fertig war, wollte er unbedingt, dass ich ihn noch im Gebüsch oral befriedigen sollte. Als ich das ablehnte und zurück zur Band wollte, zwang er mich mit aller Kraft mich hinzuknien. Dann öffnete er seinen Reißverschluss und …«

»Ist schon gut«, beruhigte Thekla die junge Frau, der sie nun ihre Hand beruhigend auf den Arm legte.

»Deshalb haben Sie dann anschließend die Beziehung beendet?« fragte Robert nach.

Miriam nickte. Tränen liefen ihr über die Wangen. »Ich wollte, dass er mich danach sofort nach Hause fährt. Hier vor der Türe hatte ich ihm dann gesagt, er bräuchte nicht mit auszusteigen und auch nie mehr wieder zu kommen. Ich beendete unsere Beziehung mit den Worten, er hätte mich wie eine Nutte behandelt, was ich mir nicht gefallen lassen würde«.

Thekla und Robert verließen das Haus und kehrten zu ihrem Wagen zurück. Als sie eingestiegen waren sahen sie, dass ein älterer Mann etwa zwanzig Meter vor dem Auto ihnen heftig winkte. Er schien auf die Kriminalisten gewartet zu haben, stellte sich aber so hin, dass er vom Haus der Schimmelpfennigs nicht gesehen werden konnte. Thekla fuhr langsam zu dem Mann und fragte, nachdem sie die Seitenscheibe runtergefahren hatte: »Warten Sie auf uns? «

Der Herr schaute sich in alle Richtungen um, bevor er leise fragte: »Sind Sie von der Polizei? «

Thekla nickte und zeigte ihren Dienstausweis. »Können wir Ihnen weiterhelfen? « fragte sie.

»Ich habe gehört«, flüsterte er weiter, so als wolle er ein Geheimnis erzählen, wovon niemand anderes etwas mitbekommen solle, »dass der Jens ermordet worden sei. Dazu kann ich eine Aussage machen, die Ihnen vielleicht weiterhelfen kann«.

Thekla drehte den Schlüssel im Zündschloss und stellte den Motor ab. Danach stiegen sie und Robert aus dem Twingo und stellten sich neben den Mann.

»Ist das ein Polizeiauto? « wollte der Mann wissen, wobei er belustigt auf den kleinen hellgrünen Wagen zeigte. Thekla nahm die Bemerkung nicht als persönlichen Angriff, sondern eher als lustige Neugierde.

»Wir sind von der Kriminalpolizei. Wir fahren immer zivile Autos, damit man uns nicht sofort einordnen kann«, meinte sie schmunzelnd. Was haben Sie uns denn mitzuteilen? «

»Also«, sprach der Mann immer noch leise, aber nicht mehr flüsternd, »ich bin vorgestern Morgen von einer Geburtstagsfeier gekommen. Mein Kumpel Alfons ist siebzig geworden und da haben wir bis tief in die Nacht oder besser gesagt bis zum frühen Morgen beisammengesessen und so manches Schnäpschen getrunken. Der Alfons wohnt in Herchen da unten«, er zeigte den Berg hinunter, »gleich am Anfang. Als ich nun den Berg hier herauf gegangen war und die ersten Häuser von Gerressen erreicht hatte, fuhr ein dunkles Auto an mir vorbei in den Ort rein. So ein, - so ein Amischlitten wie ihn die Zuhälter im Fernsehen immer fahren«.

»Eine Corvette? « fragte Robert neugierig.

»Nein, nein, es war schon ein etwas größeres«

»War es eher ein SUV? «

»Nein, nein, es war so ein Zwischending. Ach ja, - ich hab's, - es war ein Mustang! «

»Was war Ihnen denn an dem Wagen aufgefallen? « wollte Thekla wissen«.

»Ha ja, - keine Minute später kam der mir wieder entgegen und fuhr aus dem Dorf heraus«.

»Und dass empfinden Sie als ungewöhnlich? « fragte Robert.

Der ältere Herr schüttelte den Kopf und fuchtelte mit der linken Hand hoch in der Luft, bevor er sie wieder fallen lassen würde, so als wolle er eine Fliege verscheuchen. »Na, - das ungewöhnliche war, beim Hochfahren saßen da drei ganz in schwarz gekleidete Männer drin und beim runterfahren, nur einer. «

»Dann hat er hier vielleicht Leute nach Hause gebracht« mutmaßte Robert.

Der Mann musterte Robert und meinte dann: »Hören Sie mal, - ich weiß nicht wie das bei Ihnen in der Stadt ist, - aber das hier ist ein Dorf mit etwa dreihundert Einwohnern, - hier kennt jeder jeden. Die Leute waren bestimmt nicht von hier«.

»Haben Sie Farbe und Kennzeichen des Wagens? « fragte Thekla.

Wieder schüttelte der Mann seinen sehr grau melierten Kopf. »Hätte ich gewusst, dass mich die Kripo einmal genau das fragen würde, hätte ich natürlich besser hingeschaut, aber wenn einem einmal im Leben diese Frage gestellt wird und man dann nicht genau antworten kann, ist das schon mächtig peinlich«. Der Mann grinste nun Thekla und Robert an.

»Das ist nicht weiter schlimm«, meinte Thekla, »können Sie sich denn erinnern, ob der Wagen, ein

Mustang sagten Sie, eher eine helle oder eine dunkle Farbe hatte? «

»Eine dunkle Farbe, - ich glaube es war so ein dunkles Grau«.

»Gut«, versuchte Thekla den Mann zu ermuntern, sich etwas genauer zu erinnern, »und um welche Uhrzeit war das? «

»Na, - dass war als dem Alfons auf dem Sofa die Augen zugefallen waren und er einschlief. So etwa um halb fünf oder kurz vor fünf«.

»Können Sie sich vielleicht noch an das Kennzeichen erinnern? Oder zumindest Teile davon? «

»Ja, ja, das war ein SU-Kennzeichen. Ich erinnere mich so gut, weil ich mich wunderte, dass nun die Zuhälter auch schon im Rhein-Sieg-Kreis ihr Unwesen treiben.

»Wieso Zuhälter? « fragte Robert nach.

»Na ja, - wegen dem Zuhälterauto« gab der Mann empört darüber, dass Robert seine erste Bemerkung überhört zu haben schien, zurück.

»Okay, Sie haben uns sehr geholfen. Vielen Dank für die Aussage zu Ihrer Beobachtung«, meinte Thekla, die sich umdrehte und die Türe des Twingo's öffnete.

»Ähm, - gibt es da keine Belohnung? « fragte der ältere Herr, »so wie man es bei „Aktenzeichen XY" immer sieht? «

»Leider in diesem Fall nicht«, meinte Thekla schmunzelnd. Sie startete den Wagen nachdem Robert ebenfalls eingestiegen war und fuhr los.

Nach einigen Minuten meinte Robert: »Du, - war das mit dem Mustang vielleicht dieser Bawulski aus Kircheib? «

»Das wäre aber ein Zufall, meinst Du wirklich, der Fall wäre so leicht gelöst? « meinte Thekla, »aber vielleicht hast Du Recht. Hast Du noch die Adresse? Lass uns mal dahinfahren«.

Auf der Fahrt zu Herrn Bawulski rief Lisa an, um das Ergebnis des Gesprächs mit der früheren Freundin des Mordopfers mitzuteilen.

»Dann werden wir die Frau wohl noch einmal näher vernehmen müssen. Diesmal bestellen wir die Frau aber ins Präsidium. Dort wird sich der neue Freund nicht so aufspielen können«, meinte Robert, der das Gespräch entgegengenommen hatte, da Thekla grundsätzlich nicht während der Fahrt telefonierte. »Wir sind auf dem Weg zu dem Mustang Fahrer nach Kircheib, da wir Hinweise erhalten haben, dass der Wagen in der Tatnacht in Gerressen gesehen wurde«, bemerkte Robert weiter, »es wäre gut, wenn ihr zur möglichen Unterstützung auch dorthin kommen könntet. Wo seid ihr denn gerade? «

»Wir fahren gerade durch Eitorf in Richtung Harmonie, können aber gerne umdrehen und auch zum

Haus des Herrn Bawulski fahren. Treffen wir uns vor dem Haus? « fragte Lisa.

»Abgemacht«, entgegnete Robert, »der erste der dort ist wartet auf den anderen«. Robert beendete das Gespräch.

*

Thekla hielt hinter dem Dienstwagen der Kollegen, etwas abseits der Adresse des Verdächtigen. Vor der Türe stand der Mustang des Herrn Bawulski. »Wir wissen nicht genau, ob es der Wagen ist, den der Zeuge gesehen hat«, meinte Thekla, »da uns der Zeuge nur sagen konnte, dass es sich um ein SU-Kennzeichen handelte. Deshalb müssen wir vorsichtig hinterfragen«

Robert antwortete, als sich die Vier vor der Haustüre aufstellten und bevor Thekla klingelte, »Lass mich mal machen«.

Eine Frau öffnete die Türe, bevor Thekla ihrem Lebensgefährten und Kollegen sagen konnte, er solle es nicht mit der „Brechstange" versuchen. Thekla stellte sich und die Anderen vor und fragte, ob sie bitte Herrn Armin Bawulski sprechen könnten. Die Frau rief nach ihrem Mann. Als er kam war er sehr erstaunt, Besuch von vier Kripobeamten zu bekommen. Robert übernahm das Wort: »Herr Bawulski wir ermitteln in einem Mordfall. Ein Zeuge hat Ihren Wagen vorgestern Nacht in Gerressen gesehen. Was haben Sie da gemacht? «

»Gerressen? « fragte Bawulski gelassen aber auch überrascht, »was soll ich denn in Gerressen? Nein, - ich war nicht in Gerressen, - ich war hier zu Hause mit meiner Frau und einem Freund. Wir hatten zuerst den Spielfilm im Fernsehen angeschaut und dann ein wenig Skat gespielt«.

»Aber Ihr Wagen ist eindeutig identifiziert worden«, schummelte Robert.

Bawulski drehte sich fragend zu seiner Frau um, überlegte kurz und machte dann eine Aussage, die fallentscheidend sein sollte. »Giuseppe Balto, ein Freund von mir aus Eitorf, -wir lieben beide schnelle Autos, kam am späten Abend vorbei. Wir wollten gerade schlafen gehen als er klingelte und fragte, ob er für ein paar Stunden den Mustang geliehen haben könnte. Er wäre mit seiner Freundin bei einem Rockkonzert, ich glaube in Schladern, gewesen. Dort wäre ihm möglicherweise sein Ausweis aus der Brieftasche gefallen, als er im Gebüsch seiner Notdurft nachgab. Er wolle jetzt noch schnellstmöglich dahin um ihn zu suchen. Guiseppes Wagen allerdings«, Bawulski zeigte auf den Platz auf der Straße, wo nun der Mustang stand, »stand dort, jedoch meinte Guiseppe, er hätte ein Knacken im Motorraum gehört und wolle den Wagen am nächsten Morgen kontrollieren. Da ich auf einen möglichen Kurbelwellenschaden tippte, gab ich ihm meine Autoschlüssel. Am nächsten Morgen waren die Schlüssel in meinem Briefkasten und der Mustang stand wieder hier. Genauso war es vereinbart, da ich den Wagen morgens brauchte, um einen Termin in Hennef wahrzunehmen. Leider war die B8 gesperrt und ich musste über Adscheid zur L333 fahren und die Strecke über das Siegtal nehmen. Aber was machte er denn in Gerressen, wenn das Konzert in Schladern war. Wollte er vielleicht noch einen „Abstecher" bei seiner Freundin machen? Also, - ich war jedenfalls nicht in Gerressen«, meinte er lächelnd.

Robert und Thekla sahen sich an. War die Reaktion des Giuseppe nur „Schauspiel", als er sich in seinem Vorgarten übergab?

Die Vier verabschiedeten sich und fuhren ziemlich schnell ins Neubaugebiet „Josefshöhe" nach Eitorf. An der Wohnanschrift von Giuseppe trafen sie diesen vor dem Haus an seinem Auto, welches er gerade staubsaugte.

»Hallo Herr Balto«, begrüsste Thekla den jungen Mann, »Sie kennen uns noch? «

Giuseppe blickte auf und stellte den Staubsauger „aus". »Ja klar, Sie waren doch gestern erst hier«. Er blickte an Thekla und Robert vorbei und bemerkte, wobei er witzig wirken wollte: »Wie ich sehe, heute mit Verstärkung? «

Robert übernahm wieder das Wort: »Kann es sein, dass Sie uns etwas zu sagen haben? « fragte er.

Giuseppe zuckte die Schultern und schaute die Kommissare der Reihe nach an.

»Ist die Kurbelwelle an Ihrem Wagen wieder ganz? « fragte Thekla.

Giuseppe riss erschrocken die Augen auf und schaute dann vor sich auf den Boden, als ob er wolle, dass sich der Boden auftut und er darin verschwinden könne. »Sie waren beim Bawulski? « fragte er kleinlaut.

»Stimmt«, antwortete Robert.

»Ich war stinksauer und auch verletzt, als Miriam mit mir Schluss gemacht hatte, also fuhr ich mit dem Mustang nach Siegburg zu zwei meiner Freunde und bat sie, mir zu helfen. An dem Entschluss Miriams, konnte ich nichts mehr ändern aber ich wollte wenigstens einen Teil des Geldes haben, das ich als zukünftiger Schwiegersohn sowieso bekommen hätte. Wir berieten gemeinsam einen Plan, wie wir an die Tresorkombi kommen konnten. Dann fuhr ich die Beiden nach Gerressen, verschwand aber sofort wieder, um nicht in Verdacht zu geraten. Nachdem die zwei den Code gehabt hätten, wollten wir am nächsten Tag gemeinsam zur Bank und den Tresor leer machen. Der „Alte" sollte im Kofferraum eingesperrt bleiben und später durch einen Hinweis bei der Polizei, durch diese wieder frei gelassen werden«.

»Herr Bawulski, ich verhafte Sie wegen Anstiftung zu einer Straftat in Verbindung mit fahrlässiger Tötung durch Unterlassung. Sie haben das Recht, sich einen Anwalt zu nehmen und sich nur in dessen Anwesenheit zu äußern.

Geben Sie uns jetzt die Namen und den Wohnort ihrer Komplizen« sagte Thekla sehr förmlich.

Thekla verständigte die Kollegen der Polizeiwache Siegburg über den Vorfall. Jeweils ein Streifenwagen solle zu den Adressen fahren und die Männer vorläufig festnehmen. Gemeinsam würden die drei dem Haftrichter vorgeführt werden.

ENDE

<u>Bisher erschienen in dieser Reihe:</u>

Mord in Siegburg

Der **erste** Fall der Kommissarin Thekla Sommer

Mord in Bornheim

Der **zweite** Fall der Kommissarin Thekla Sommer

Mord in Rheinbach

Der **dritte** Fall der Kommissarin Thekla Somme

Mord in Sankt Augustin

Der **vierte** Fall der Kommissarin Thekla Sommer

Mord im Bonner "Regierungsviertel"

Der **fünfte** Fall der Kommissarin Thekla Sommer

Mord in Siegburg-Zentrum

Der **sechste** Fall der Kommissarin Thekla Sommer

Mord in Wesseling

Der **siebte** Fall der Kommissarin Thekla Sommer

Mord in Hennef

Der **achte** Fall der Kommissarin Thekla Sommer

Mord in Eitorf

Der **neunte** Fall der Kommissarin Thekla Sommer

Mord im Siebengebirge

Der **zehnte** Fall der Kommissarin Thekla Sommer

Morde mit "VX"

> Teil 1/3 Troisdorf <

> Teil 2/3 Remagen <

> Teil 3/3 Heisterbach <

Der **elfte** Fall der Kommissarin Thekla Sommer

Mord in Niederkassel

Der **zwölfte** Fall der Kommissarin Thekla Sommer

Mord in Harmonie, -Ein Eitorf Krimi-

Der **13te** Fall der Kommissarin Thekla Sommer

Über den Autor:

Geboren 1958, in der Zeit des Wirtschaftswunders, verbrachte er
seine Kindheit, mit zwei Schwestern und zwei Halbbrüdern, in
Siegburg und dem ländlichen Windeck. Geprägt von dem idyllischen
Umfeld, fühlte er sich in der Stadt nie so recht wohl und er suchte
sein soziales Umfeld meist in ländlichen Regionen, wie Rheinbach,
Meckenheim, Bornheim oder Herchen/Sieg.

Bereits im jungen Erwachsenenalter fing er an, seine Gedanken
schweifen zu lassen und niederzuschreiben. Am Anfang war es mal
ein Kinderbuch oder philosophische Zeilen. Als zertifizierter
Psychologischer Berater folgte ein psychologisch/spirituelles Werk.
Seit einiger Zeit entspringen Krimis (aus dem Rhein-Sieg-Kreis)
seinen Gedanken und dem Werk seiner Phantasie. Hier legt er aber
besonderen Wert auf umfangreiche, historische Recherche
hinsichtlich der Schauplätze seiner Handlungen.